DISCURSO DE PRIMAVERA
E ALGUMAS SOMBRAS

Carlos Drummond de Andrade

DISCURSO DE PRIMAVERA

E ALGUMAS SOMBRAS

5ª EDIÇÃO

EDITORA RECORD
RIO DE JANEIRO • SÃO PAULO
2006

CIP-Brasil. Catalogação-na-fonte
Sindicato Nacional dos Editores de Livros, RJ

A566d Andrade, Carlos Drummond de, 1902-1987
5. ed. Discurso de primavera e algumas sombras / Carlos Drummond de Andrade ; prefácio, Manuel Graña Etcheverry. – 5. ed. – Rio de Janeiro : Record, 2006.

Inclui bibliografia e cronologia.
ISBN 85-01-07234-6

1. Poesia brasileira. I. Título.

06-3785 CDD 869.91
CDU 821.134.3(81)-1

www.carlosdrummond.com.br

Ilustração da guarda: Autocaricatura

Concepção de capa: Pedro Augusto Graña Drummond
Projeto gráfico: Regina Ferraz

Direitos exclusivos desta edição reservados pela
EDITORA RECORD LTDA.
Rua Argentina 171 – 20921-380 – Rio de Janeiro, RJ – Tel. 2585-2000

Impresso no Brasil

ISBN 85-01-07234-6

PEDIDOS PELO REEMBOLSO POSTAL
Caixa Postal 23.052
Rio de Janeiro, RJ – 20922-970

SUMÁRIO

PRIMAVERA E SOMBRAS

O verso de Mallarmé *Tel qu'en Lui-même enfin l'éternité le change*, poderíamos, *mutatis mutandi*, aplicá-lo a Drummond, que publicou *Discurso de primavera e algumas sombras* no ano de 1977, quer dizer, quando ele tinha 75 anos de idade. Já ficaram atrás sua infância, sua juventude, sua madureza: agora estava na das "rugas, dentes, calva": pareceria, pois, que os anos da primavera já não eram para ele. Mas não; não era a eternidade a que poderia mudá-lo: era o tempo, porém o tempo que fazia dele outro Drummond, esse outro que continuava a ser o mesmo, metamorfoseado, permutado noutro mesmo Drummond em cada um de seus livros.

Este *Discurso...* não trata especificamente do tempo na primavera dos anos de nosso poeta. O tempo tem sido assinalado por Affonso Romano de Sant'Anna como uma constante na poesia de Drummond. Isso é verdade, mas é também, parafraseando Kant, uma categoria *a priori* do seu entendimento poético, como um *background* em toda a sua obra, e, portanto, ínsito neste *Discurso...* E o tempo, aqui, não é, segundo tenho dito, o tempo de seus amores: é o tempo de todos, mas visto pelo poeta como "o tempo presente" dos "homens presentes" nessa "vida presente", presente na cidade do Rio de Janeiro, no Brasil, no mundo.

Assim o tema "Notícias do Brasil" abrange as essenciais no olhar do poeta: o rio São Francisco, reduzido a um "fio d'água (ou lágrimas?)" por causa da seca, enquanto que nesse país tropical ocorre o milagre da neve, mas a que cai na Parivaíba não é branca: é túrbida e de mau cheiro, própria para nosso "planeta enfermo". O índio Kreen, da raça dos akarores, foge do homem branco, que só lhe oferece "o pesadelo urbano de terror e de fúrias", afastado da "paz que se esconde na espessura da mata". E neste planeta enfermo é visualizado o "Triste Horizonte", esplêndida amostra da voz feita palavra escrita, com a qual o poeta sai a defender o direito dos garotos contra os interesses monetários. Isso é matéria solene, e Drummond foge logo dela sorrindo perante as denominações comerciais, especialmente da indústria farmacêutica, ou enumerando os artigos, mesmo os que não são necessários, oferecidos aos ávidos adquirentes.

Segue o tema "Os marcados", quer dizer, os notáveis, amigos ou conhecidos, mesmo que sejam só de nome, lidos nos jornais: desde Helena Antipoff, "mineira universal", que aos 80 anos de idade tem uma casa para "garotos pensativos", até Afonso Arinos de Melo Franco, o renomado político e literato mineiro. Entre eles figuram Pedro Nava, com seu nome analisado, o poeta Manuel Bandeira, que pôs para Drummond o apelido de "anjo espinhoso": anjo, pela natureza quase divinal dos poetas (Ion dizia a Sócrates que os deuses transmitiam suas mensagens aos homens fazendo falar aos poetas), e espinhoso, porque se fechava em si mesmo como um porco-espinho para defender-se dos impertinentes. Está Candido Portinari, o pintor que tinha "a mão de olhos azuis" e com ela preservou, no retrato, o olhar penetrante do poeta. Está Di Cavalcanti, que mereceu dezessete linhas de verso, seis deles encavalgados e nove com rima consoante en -í. Não poderia faltar a admirada Clarice Lispector, nem Augusto Frederico Schmidt, nem Murilo Mendes, nem os nomes de tantos outros aos quais este prefacista não teve a fortuna de conhecer. Um deles, o de Catherine, para quem pede ajuda, mostra o coração do poeta, que não pode ficar indiferente ao apelo da pobre menina doente num hospital de Paris.

A cidade que tem nome de santo, apesar de conter inúmeros pecadores, foi sua "amantiamada cidade", e não silencia a grande paixão do povo, o futebol: cantado numa sorte de crônica com efeitos visuais na disposição tipográfica das linhas:

a bola

o drible

o chute

o gol

a fim de que o leitor, pulando de uma a outra linha, fique vendo o jogador que corre empurrando a bola para a frente, elude os adversários e culmina a carreira chutando-a e fazendo-a penetrar na vala dos contrários.

Oferece uma elegia à sua cidade. Há quarenta anos que mora nela, desde que se estabeleceu aí com Dolores e Maria Julieta, de seis aninhos. Foi em 1934, convocado por seu amigo o ministro da Educação e Saúde Gustavo Capanema. E foi até 1987, quando no dezessete de agosto entregou o espírito para ter novamente com Maria Julieta, falecida doze dias antes.

Neste *Discurso...* Drummond faz história colonial, com capítulos outros que os da História: os dele são como os breves relâmpagos das antigas câmeras dos fotógrafos para imobilizar as figuras: fica quieta a coitada Branca Dias, já sem as contorções que lhe produziam as chamas da fogueira, condenada por ter-se apaixonado de um religioso; fica a estampa para o Governador que sobre seu cavalo percorre o caminho que leva desde Vila Rica até São Paulo; e fecha a câmera de retratos evocando ao Chico Rei e uma outra realeza: a monarquia da Liberdade.

Agora a atenção repara no mundo: "Assim vai (?) o Mundo". Com um signo interrogante que abre a dúvida de se o mundo marcha adiante, ou se ficou parado, ou se está retrogradindo. Então refere a São Francisco o que acontece agora com os animais, que "aterrorizados, fogem de nós, com muita razão e longos medos", "pois nós os torturamos e matamos por hábito de torturar e matar". Pede ao santo que regresse para protegê-los contra o destino cruel dos infelizes perseguidos. O poeta não poderia saber que o chamado seria inútil. Já o tinha demonstrado Rubén Darío no poema "Los motivos del lobo": o animal se compara com a ferocidade dos homens: *y entre mis entrañas revivió la fiera, / y me sentí lobo malo de repente; / mas siempre mejor que esa mala gente.*

O tema da música, "Música de fundo", vai desde a palavra até Beethoven. A palavra de Drummond não é a bíblica "No princípio era o Verbo": é a palavra criadora, "a palavra mágica", que explica o mistério do mundo e o mistério maior da própria existência. O poeta diz: "vou procurá-la a vida inteira".

A palavra também é música, mesmo sendo procurada "ausente de qualquer música e rica de curtição", isto é, a palavra esquecida de toda significação, para poder conversar, segundo queria o chinês Tchuan Tse, com aqueles que esqueçam as palavras. Esquecer a simples sonoridade dos vocábulos, atendendo não mais do que às "faces secretas sob a face neutra".

Drummond não tinha entre seus livros *The Black Cloud*, romance do astrônomo inglês Hoyle, que fala de uma rara e inteligente forma de vida que percorre os espaços siderais como uma nuvem preta. Ocorre que fica entre o Sol e a Terra, privando-a de luz e de calor. Um grupo de cientistas consegue comunicar-se com ela por meio de ondas de rádio e linguagem binária. Quando lhe perguntam qual é a coisa mais extraordinária que tinha visto e conhecido na sua viagem intergaláctica, responde que é a música.

A música, a maior descoberta do homem, pois é um fenômeno único no universo, porque a Terra é uma exceção entre todos os astros conhecidos: nós temos atmosfera, que permite a propalação das ondas sonoras e, portanto, possibilita a aparição da "música da Terra", e o surgimento do gênio maior que a conhece, a expressa e a cria: a ele sauda Drummond, fechando o livro: "Ó, Beethoven, tu nos mostraste o alvorecer." Beethoven nos mostrou a música do alvorecer: Drummond nos mostrou a música da Poesia.

Fechado o livro, o leitor poderá perguntar-se onde é que está o discurso da primavera. A primavera, a estação das flores e do amor florescido, está nos poemas, que são os buquês onde cada palavra é uma flor. Uma flor de violento aroma como é "Exorcismo", ou suave como "Um lírio, por acaso", risonha como as da "Microlira", severas como "Triste Horizonte". O discurso de primavera é, portanto, este *Discurso de primavera e algumas sombras.*

Algumas sombras, sendo a sombra maior aquela que deixou para nós Drummond ao abandonar este mundo. Curiosa sombra, que nos ilumina quando o poeta vai-se embora deste mundo e de seu tempo, para entrar no mundo inacabável e reluzente da Poesia.

Manuel Graña Etcheverry
Deán Funes, novembro, 2004

DISCURSO DE PRIMAVERA

NOTÍCIAS DO BRASIL

ÁGUAS E MÁGOAS DO RIO SÃO FRANCISCO

Está secando o velho Chico.
Está mirrando, está morrendo.

Já não quer saber de lanchas-ônibus
nem de chatas e seus empurradores.
Cansou-se de gaiolas
e literatura encomiástica
e mostra o leito pobre,
as pedras, as areias desoladas
onde nenhum caboclo-d'água,
nenhum minhocão ou cachorrinha-d'água,
cativados a nacos de fumo forte,
restam para semente
de contos fabulosos e assustados.

Ei, velho Chico,
deixas teus barqueiros e barranqueiros na pior?
Recusas pegar frete em Pirapora
e ir levando pro Norte as alegrias?
Negas teus surubins, teus mitos e dourados,
teus postais alucinantes de crepúsculo
à gula dos turistas?
Ou é apenas
seca de junho-julho para descanso
e volta mais barrenta na explosão
da chuva gorda?

Já te estranham, meu Chico. Desta vez,
encolheste demais. O cemitério
de barcos encalhados se desdobra
na lama que deixaste. O fio d'água
(ou lágrimas?) escorre
entre carcaças novas: é brinquedo
de curumins, os únicos navios
que aceitas transportar com desenfado.
Mulheres quebram pedra
no pátio ressequido
que foi teu leito e esboça teu fantasma.

Não escutas, ó Chico, as rezas músicas
dos fiéis que em procissão imploram chuva?
São amigos que te querem,
companheiros que carecem
de teu deslizar sem pressa
(tão suave que corrias,
embora tão artioso
que muitas vezes tiravas
a terra de um lado e a punhas
mais adiante, de moleque).
É gente que vai murchando
em frente à lavoura morta
e ao esqueleto do gado,
por entre portos de lenha
e comercinhos decrépitos;
a dura gente sofrida
que carregas (carregavas)
no teu lombo de água turva
mas afinal água santa,

meu rio, amigo roteiro
de Pirapora a Juazeiro.
Responde, Chico, responde!

Não vem resposta de Chico,
e vai sumindo seu rastro
como o rastro da viola
se esgarça no vão do vento.
E na secura da terra
e no barro que ele deixa
onde Martius viu seu reino,
na carranca dos remeiros
(memória de outras carrancas
há muito peças de *living*),
nas tortas margens que o homem
não soube retificar
(não soube ou não quis? paciência),
nos pilares sem serviço
de pontes sobre o vazio,
na negra ausência de verde,
no sacrifício das árvores
cortadas, carbonizadas,
no azul, que virou fumaça,
nas araras capturadas
que não mandam mais seus guinchos
à paisagem de seca
(onde o tapete de finas
gramíneas, dos viajantes antigos?),
no chão deserto, na fome
dos subnutridos nus,
não colho qualquer resposta,

nada fala, nada conta
das tristuras e renúncias,
dos desencantos, dos males,
das ofensas, das rapinas
que no giro de três séculos
fazem secar e morrer
a flor de água de um rio.

NUM PLANETA ENFERMO

A culpa é tua, Pai Tietê? A culpa é tua
se tuas águas estão podres de fel
e majestade falsa?

MÁRIO DE ANDRADE
(*Meditação sobre o Tietê*)

Cai neve em Parnaíba,
noiva branca.
Vem dos lados de Pirapora do Bom Jesus.
Presente de Deus, com certeza,
a seus filhos que jamais viram Europa.
Ou talvez cortesia do Prefeito?

Moleques, brinquem na neve pura e rara.
Garotas, não tenham cerimônia.
Cai neve em Parnaíba, é promoção.
O senhor que é tabelião, o dr. promotor
por que não vão fazer bonecos dessa neve
especial, que reacende
o espírito infantil?

Correm todos a ver a neve santa,
a alvorejar em sua alvura.
Olha a rua vestida de sonho,
olha o jardim envolto em toalha de nuvens,
olha nossas tristezas lavadas, enxaguadas!
O professor chega perto e não se encanta.
Esse cheiro... diz ele. Realmente,
quem pode com esse cheiro nauseante?

A neve foi malfeita, não se faz
neve como em filmes e gravuras.
E me dói a cabeça, diz alguém.
E a minha também, e o mal-estar
me invade o corpo. Desculpem se vomito
à vista de pessoas tão distintas.

Envenenada morre a flor-de-outubro
no canteiro onde o branco
deixa uma escura marca de gordura.
Marcadas ficarão
as casas coloniais da Praça da Matriz
tombadas pelo IPHAN?
A pele dos rostos mais limpinhos
— ai Rita, ai Mariazinha —
cheira a óleo queimado.

Estranha neve:
espuma, espuma apenas
que o vento espalha, bolha em baile no ar,
vinda do Tietê alvoroçado
ao abrir de comportas,
espuma de dodecilbenzeno irredutível,
emergindo das águas profanadas
do rio-bandeirante, hoje rio-despejo
de mil imundícies do progresso.

Pesadelo? Sinal dos tempos?
Jeito novo de punir cidades, pois a Bíblia
esgotou os castigos de água e fogo?
Entre flocos de espuma detergente

vão se findar os dias lentamente
de pecadores e não pecadores,
se pecado é viver entre rios sem peixe
e chaminés sem filtro e monstrimultinacionais,
onde quer que a valia
valha mais do que a vida?

Minha Santana pobre de Parnaíba,
meu dorido Bom Jesus de Pirapora,
meu infecto Anhambi de glória morta,
fostes os chamados
não para anunciar uma outra luz do dia,
mas o branco sinistro, o negro branco,
o branco sepultura do que é cor, perfume
e graça de viver, enquanto vida
ou memória de vida se consente
neste planeta enfermo.

KREEN-AKARORE

Gigante que recusas
encarar-me nos olhos,
apertar minha mão
temendo que ela seja
uma faca, um veneno,
uma tocha de incêndio;
gigante que me foges,
légua depois de légua,
e se deixo os sinais
de minha simpatia,
os destróis: tens razão.
Malgrado meu desejo
de declarar-te irmão
e contigo fruir
alegrias fraternas,
só tenho para dar-te
em turvo condomínio
o pesadelo urbano
de ferros e de fúrias
em contínuo combate
na esperança de paz
— uma paz que se esconde
e se furta e se apaga
medusada de medo,
como tu, akarore,
na espessura da mata
ou no espelho sem fala
das águas do Jarina.

AS ARCAS E OS BAÚS

Não canto
as armas e os barões assinalados.
Canto
as arcas e os baús de Minas Gerais
já sem ouro e diamantes,
sem escrituras de terras e escravos,
sem belbutinas, veludos,
chamalotes,
rendas.

Canto
as arcas e os baús despojados
de turvos segredos familiares,
mas guardando ainda e sempre
um não sei quê de eterno,
a respiração discreta, o silêncio,
a vida recolhida
dos mineiros do Setecentos,
que Iara Tupinambá, o lindo nome,
veio mostrar na Galeria Chica da Silva
recriando com flores? criando
o tempo-e-alma em forma de objeto.

TRISTE HORIZONTE

Por que não vais a Belo Horizonte? a saudade cicia
e continua, branda: Volta lá.
Tudo é belo e cantante na coleção de perfumes
das avenidas que levam ao amor,
nos espelhos de luz e penumbra onde se projetam
os puros jogos de viver.
Anda! Volta lá, volta já.
E eu respondo, carrancudo: Não.
Não voltarei para ver o que não merece ser visto,
o que merece ser esquecido, se revogado não pode ser.
Não o passado cor-de-cores fantásticas,
Belo Horizonte sorrindo púbere núbil sensual sem malícia,
lugar de ler os clássicos e amar as artes novas,
lugar muito especial pela graça do clima
e pelo gosto, que não tem preço,
de falar mal do Governo no lendário Bar do Ponto.
Cidade aberta aos estudantes do mundo inteiro, inclusive Ala-
[goas,
"maravilha de milhares de brilhos vidrilhos"
mariodeandradementе celebrada.
Não, Mário, Belo Horizonte não era uma tolice como as outras.
Era uma provinciana saudável, de carnes leves pesseguíneas.
Era um remanso muito manso
para fugir às partes agitadas do Brasil,
sorrindo do Rio de Janeiro e de São Paulo: tão prafrentex, as
[duas!
e nós lá: macio-amesendados
na calma e na verde brisa irônica...

Esquecer, quero esquecer é a brutal Belo Horizonte
que se empavona sobre o corpo crucificado da primeira.
Quero não saber da traição de seus santos.
Eles a protegiam, agora protegem-se a si mesmos.
São José, no centro mesmo da cidade,
explora estacionamento de automóveis.
São José dendroclasta não deixa de pé sequer um pé de pau
onde amarrar o burrinho numa parada no caminho do Egito.
São José vai entrar feio no comércio de imóveis,
vendendo seus jardins reservados a Deus.
São Pedro instala supermercado.
Nossa Senhora das Dores,
amizade da gente na Floresta,
(vi crescer sua igreja à sombra do Padre Artur)
abre caderneta de poupança,
lojas de acessórios para carros
papelaria, aviário, pães-de-queijo.
Terão endoidecido esses meus santos
e a dolorida mãe de Deus?
Ou foi em nome deles que pastores
deixam de pastorear para faturar?
Não escutam a voz de Jeremias
(e é o Senhor que fala por sua boca de vergasta):
"Eu vos introduzi numa terra fértil,
e depois de lá entrardes a profanastes.
Ai dos pastores que perdem e despedaçam
o rebanho da minha pastagem!
Eis que os visitarei para castigar a esperteza de seus desígnios."

Fujo
da ignóbil visão de tendas obstruindo as alamedas do Senhor.

Tento fugir da própria cidade, reconfortar-me
em seu austero píncaro serrano.
De lá verei uma longínqua, purificada Belo Horizonte
sem escutar o rumor dos negócios abafando a litania dos fiéis.
Lá o imenso azul desenha ainda as mensagens
de esperança nos homens pacificados — os doces mineiros
que teimam em existir no caos e no tráfico.
Em vão tento a escalada.
Cassetetes e revólveres me barram
a subida que era alegria dominical de minha gente.
Proibido escalar. Proibido sentir
o ar de liberdade destes cimos,
proibido viver a selvagem intimidade destas pedras
que se vão desfazendo em forma de dinheiro.
Esta serra tem dono. Não mais a natureza
a governa. Desfaz-se, com o minério,
uma antiga aliança, um rito da cidade.
Desiste ou leva bala. Encurralados todos,
a Serra do Curral, os moradores
cá embaixo. Jeremias me avisa:
"Foi assolada toda a serra; de improviso
derrubaram minhas tendas, abateram meus pavilhões.
Vi os montes, e eis que tremiam.
E todos os outeiros estremeciam.
Olhei para a terra, e eis que estava vazia,
sem nada nada nada."

Sossega, minha saudade. Não me cicies outra vez
o impróprio convite.
Não quero mais, não quero ver-te,
meu Triste Horizonte e destroçado amor.

RECEITUÁRIO SORTIDO

Calma.
É preciso ter calma no Brasil
calmina
calmarian
calmogen
calmovita.

Que negócio é esse de ansiedade?
Não quero ver ninguém ansioso.
O cordão dos ansiosos enfrentemos:
ansipan!
Ansiotex!
ansiex ansiax ansiolax,
ansiopax, amigos!

Serenidade, amor, serenidade.
Dissolve-se a seresta no sereno?
Fecha os olhos: serenium,
serenex...

Dói muito o teu dodói de alma?
Em seda e sedativo te protejas.
Sedax, meu coração,
sedolin
sedotex
sedomepril.
Meu bem, relaxe por favor.
Relaxan

relaxatil.
Batem, batem à porta? Relax-pan.

Estás tenso, meu velho?
Tenso de alta tensão, intensa, túrbida?
Atenção: tensoben
tensocron
tensocrin
tensik
tensoplisin.

Anda, cai no sono,
amigo, olha o sonix.
Como soa o sonil
sonipan sonotal
sonoasil
sonobel sonopax!

E fique aí tranqüilo tranqüilinho
bem tranqüil
tranqüilid
tranqüilase
tranqüilan
tranqüilin
tranqüix tranqüiex
tranqüimax
tranqüisan
e mesmo tranxilene!

Estás *píssico*, talvez
de tanto desencucarem tua cuca?

Estás perplexo?
Não ouves o pipilar: psicoplex?
psicodin
psiquim
psicobiome
psicolatil?
Não sentes adejar: psicopax?

Então morre, amizade. Morre presto,
morre já, morre urgente,
antes que em drágea cápsula ampola flaconete
proves letalex
mortalin
obituaran
homicidil
thanatex thanatil
thanatipum!

JORNAL DE SERVIÇO
(LEITURA EM DIAGONAL DAS "PÁGINAS AMARELAS")

I

Máquinas de lavar
máquinas de lixar
máquinas de furar
máquinas de curvar
máquinas de dobrar
máquinas de engarrafar
máquinas de empacotar
máquinas de ensacar
máquinas de assar
máquinas de faturamento

II

champanha por atacado
artigos orientais
institutos de beleza
metais preciosos
peleterias
salões para banquetes e festas
condimentos e molhos
botões a varejo
roupas de aluguel
tântalo

III

panelas de pressão
rolos compressores
sistemas de segurança
vigilância noturna
vigilância industrial
interruptores de circuito
iscas
encanadores
alambrados
supressão de ruídos

IV

doenças da pele
doenças do sangue
doenças do sexo
doenças vasculares
doenças das senhoras
doenças tropicais
câncer
doenças da velhice
empresas funerárias
coletores de resíduos

V

papéis transparentes
vidro fosco

gelatina copiativa
cursinhos
amortecedores
resfriamento de ar
retificadores elétricos
tesouras mecânicas
ar comprimido
cupim

VI

mourões para cerca
mudança de pianos
relógios de igreja
borboletas de passagem
cata-ventos
cintas abdominais
produtos de porco
peles cruas
peixes ornamentais
decalcomania

VII

peritos em exames de documentos
peritos em imposto de renda
preparação de papéis de casamento
representantes de papel e papelão
detetives particulares
tira-manchas

limpa-fossas
fogos de artifício
sucos especiais
ioga

VIII

anéis de carvão
anéis de formatura
purpurina
cogumelos
extinção de pêlos
presentes por atacado
lantejoulas
sereias
souvenirs
soda cáustica

IX

retificação de eixos
varreduras mecânicas
expurgo de ambientes
revólver para pintura
pintores a pistola
cimento armado
guinchos
intérpretes
refugos
sebo

ATAÍDE À VENDA?

— Quanto quer pelo Ataíde?
fala ao padre lazarista
o emissário paulista
de olhar guloso na "Ceia"
que na aguda serrania
ilumina qual candeia
as ruínas do Caraça.
Dou duzentos, dou quinhentos,
oitocentos mil cruzeiros
por esse quadro... — Não, não!
— Já que estou com a mão na massa,
reforço meus *argumentos*,
ofereço-lhe um milhão.
Pintura aqui nesses altos,
na friúra desolada
destas rocas, destes longes,
não tem sentido nem vez.
Só peregrinos e monges
podem *curti-la*. Melhor
é levá-la quanto antes
para o conforto envolvente
do Palácio Bandeirantes.
— Já disse: não. — Ah, desculpe,
prefere que se desfaça
a obra de Mestre Manuel
no desgaste que lhe inflige
o dente roaz do Tempo
em sua faina cruel?

Quer ver Cristo desbotado,
carcomido, atomizado,
mancha pálida no pano?
Seus bem-amados discípulos,
sua mesa, seu pão ázimo,
sua colação simbólica,
sua postura litúrgica,
e sua mensagem mística,
sumindo, pasto de traça,
de cupim e de pobreza,
neste sem-fim do Caraça?
— Deus é grande... — Deus ajuda
a quem, esperto, madruga.
E daí, meu padre, atente
que milagre brasileiro
anda bastante vasqueiro.
Pegue logo esse dinheiro
e com ele faça obras,
obras, obras e mais obras
que a casa do Irmão Lourenço
está pedindo, e que, feitas,
serão atrativo imenso
à multidão de turistas.
Bote piscina, *playground*,
cassino — um "Monte Cassino",
bote som sofisticado
com Rachel Welch e quejandas
bailando pelas varandas!
— Jamais... — Jamais? Que pecado,
recusar a minha oferta!
Eis que outro sacerdote,

de mansinho e de oiça alerta,
já sonhando com um caixote
só de notas de quinhentos
abarrotando a arca murcha
da magra comunidade,
puxa o primo pela manga,
sussurra-lhe: — É bom negócio.
Deus decerto não se zanga,
se vige a necessidade.
Os dois discutem: — Não, não.
— Ora essa, meu irmão.
Vai-se a pintura, mas fica
a nossa vida segura.
Já se criam dois partidos
entre os padres pressionados
e já novos compradores
em enxames voadores
e propostas tentadoras
ferem o doce silêncio
em que, à tarde, ressoa
a melodia dos poemas
de Henriqueta Lisboa
sobre a vívida montanha.
Vende, não vende. Vendemos?
Que vale ter Ataíde
e não ter teto e parede?
Ser um sacrário de arte,
a mais pura arte mineira,
orgulho do nosso Estado
e da alma brasileira,
sem ter como restaurar

a velha casa de ensino
onde ensinamos a amar
as criações do passado?
Debatem os lazaristas
o grave dilema, enquanto
Manuel da Costa Ataíde
e sua tela, suprema
esperança de resgate
da indigência caracense,
viram tema de comércio.
Corre, corre, Aureliano,
vai, Conselho de Cultura,
depressa, Assembléia, vai,
salva os padres agoniados
da prontidão que os achaca,
e salvando-os, preservando-os
da mercantil ameaça,
salva a arte, salva a glória,
salva o máximo tesouro,
a riqueza que não passa:
Cristo-Ceia do Caraça!

UM BESOURO EM TODA PARTE

Besourinho escuro
de casco bronzeado,
por que vens de longe
pousar neste muro?

Novas africanas
trazes para mim?
Cifrada mensagem,
no ar, de Idi Amim?

Contas sofrimento,
cantas liberdade,
luta sempre acesa
ou turvo lamento?

Superfícies alvas,
focos de calor
te fascinam, tonto,
seja como for?

Mas quedas inerte
em minha vidraça.
Nem moves as patas.
Isso te diverte?

Vir de tão remotos
céus para ficar

abobado, alheio
à festa solar?

Turista aprendiz
e desinformado,
o vernal dezembro
não te faz feliz?

Já pelas favelas
um rio de som
desliza e deságua
por sobre o Ano Bom.

Este seu caudal
cria vibração,
e de samba e voz
faz-se carnaval.

Não voas, não bailas
na geral ciranda?
Preferes a sesta
em minha varanda?

A parar começas
os teus movimentos
qual se gasolina
te fugisse às peças?

Caíste em letargo
pensando talvez

que é vão todo esforço
neste, em qualquer mês?

A tantas perguntas
nada me respondes.
Desdenhas, calado,
todas elas juntas.

O doutor ao lado
esclarece então:
"O inseto é quietinho,
mas de muita ação."

Quem o vê tranqüilo
não sabe o poder
que ele manifesta
em voraz estilo.

No imobilismo
em que se comporta,
organiza o plano
de comer a horta.

Não corre, não pula,
mas na hora exata
ferra no jardim
o dente da gula.

Numa noite apenas,
o verdor perece,

já no chão vencido
a vagem fenece.

Adeus, lavourinha,
adeus, meu sustento.
Que me livre o céu
da praga daninha.

São dez, não quarenta,
são mil a pastar,
em silêncio e força,
quanto se plantar.

Só inseticida,
do bravo, e a Feema,
conjugados, podem
ganhar a partida.

Mas cuidado: o mal
é maior ainda
se com esse expurgo
nossa vida finda.

Poluição? Inseto?
Por que risco optar?
Hesito, e um bichinho
vejo lá no teto.

Vejo-o nas cortinas,
vejo-o nas paredes.

Vê-o meu vizinho
na sua Mercedes.

Na blusa do broto
e na sua tanga,
jóia, dependura-se
o inseto maroto.

No austero papel
da burocracia,
no prato de arroz,
ele passa o dia.

Na vida da gente,
parado ou roendo,
o escuro bichinho
reina, indiferente.

OS MARCADOS

A CASA DE HELENA

Russa translúcida de sorriso tímido
(assim a contemplo na retrovisão da lembrança),
Helena 1929 enfrenta os poderes burocráticos.
Suavemente,
instaura em Minas o seu sonho-reflexão.

Moças normalistas rodeiam Helena.
Traz um sinal novo para gente nova.
Ensina
a ver diferente a criança,
a descobrir na criança
uma luz recoberta por cinzas e costumes,
e nas mais carentes e solitárias revela
o princípio de vida ansioso de sol.

Helena é talvez uma fada eslava
que estudou psicologia
para não fazer encantamentos; só para viajar
o território da infância e ir mapeando
suas ilhas, cavernas, florestas labirínticas,
de onde, na escuridão, desfere o pássaro
— surpresa —
melodia jamais ouvida antes.

Helena reúne
os que não se conformam com a vida estagnada
e os mandamentos da educação de mármore.
Leva com eles para o campo

uma idéia-sentimento
que faz liga com as árvores
as águas
os ventos
os animais
o espaço ilimitado de esperança.

Fazenda do Rosário: a fazendeira
alma de Minas se renova
em graça e amor, sem juros,
amor ciente de seus fins
de liberdade e criação.
E essa pastora magra, quase um sopro,
uma folha talvez (ou uma centelha
que não se apaga nunca?) vai pensando
outras formas de abrir, no chão pedrento,
o caminho de paz para o futuro.

Helena sonha o mundo de amanhã,
recuado sempre, mas factível
e em mínimas sementes concentrado:
estes garotos pensativos,
esse outro ali, inquieto, a modelar
engenharias espaciais com mão canhota,
aquele mais além, que se revolta
procurando a si mesmo, e não se encontra
no quadro bitolado dos contentes.
Viajantes sem pouso
no albergue corriqueiro,
Helena os chama e diz: Vou ajudá-los.

Não presidente, não ministro,
aos 80 anos dirige um mundo-em-ser.
A casa de Helena é a casa de daqui a 20 anos,
de daqui a 50, ao incontável.
Casa pousada em nós, em nosso sangue.
Podemos torná-la real: o risco de Helena
fica estampado na consciência.
E quando Helena 1974 se cala
na aparência mortal,
seu risco viçoso e alegre e delicado perdura,
lição de Helena Antipoff mineira universal.

PEDRO NAVA A PARTIR DO NOME

Nava
campo-raso planície intermontana
onde os Nava plantaram seu brasão
Ponti di Nava
Nava del Rey
de chocolate e vinho incandescentes
Navas de Oviedo
manando água sulfúrea sob o olhar
de romanos de pés dominadores
Navas de Tolosa
onde os reis de Navarra, de Castela e de Aragão
dobraram para sempre
a cerviz dos almóadas
Navarino enseada helênica
de que partem os bélicos navarcos
em naves agressivas

Navarre
colégio douto modelando
o menino Bossuet, o garoto Richelieu
navajos
confinando a glória antiga nas reservas
de papel passado e desprezado pelos brancos
e nos filmes ferozes de Hollywood
Navarrete
(Domingo Hernandez) obstinado
teólogo debatedor de ritos chineses
Nava

navio sulcando europas maranhões
cearás alencarinos
cruzando mares de serras e cerrados
até chegar à angra tranqüila
de Juiz de Fora
onde a 5 de julho de 1903
desembarca o infante Pedro Nava.

Nava
o novo sentido da palavra
agora poesia
de distintas maneiras naviexpressa
em verso múltiplo, eis salta do verbo
para navianimar membros rígidos inertes
de gente sofredora
e reacender-lhes o ritmo do gesto
no baile de viver.
Versa depois outro caminho e cria
na superfície nívea as formas coloridas
do objeto pictórico
assim como quem não quer, mas tão sabido
que a arte o denuncia em toda parte,
e regressando ao porto de partida
navioceanigráfico navega
a descobrir tesouros submersos insuspeitados
no mais fundo da língua portuguesa.

Nava navipoeta
naviprosista
que a névoa do tempo descerrando
exibe ao nosso pasmo

as navetas de prata da memória
onde em linhas de nuvem se condensam
os externos e internos movimentos
do corpo brasileiro repartido
em clãs, em escrituras, em sussurros
de alcova, que, navissutil,
Nava recolhe e grava:
sensível retrato do Brasil
pulsando em navicinza do passado.

Nava
fugindo n'alva dos setent'anos.

EM LOUVOR DE MESTRE AIRES

Ó Aires dos ares bons,
Aires da mata
da linguagem
e do machado que não mata
mas desbasta e aparelha
a fina palavra diamantina,
palavra certa,
que uma abraçada a outra vai formando
festa floral, floresta
de bem escrever
(ou bem pensar),
Aires faiscador
das últimas pedras musicais do Tijuco,
Aires dicionário
sem empáfia, sem ares, maneiro
mineiro ladino
que soubeste ver no Tiradentes
o único herói possível
— herói humano —
e na fala do povo,
no mistério dos ritos,
no arco-íris das serras
captaste
o ar, a alma de Minas,
ó Aires
da verde mata
do machado de prata portuguesa
legítima

onde se oculta um brilhante
com todos os fogos tranqüilos
da sabedoria,
mestre Aires, recebe meus saudares.

AUGUSTO FREDERICO SCHMIDT 10 ANOS DEPOIS

Veleja o poeta em mar desconhecido?
Bebe de novo em invisível fonte?
Schmidt inquieto, nunca adormecido,
brinca talvez na linha do horizonte.

PERDA

Os peões, os seringueiros, os pescadores de surubim,
os canoeiros, as baianas do acarajé,
os ervateiros do Sul, os carreiros paraibanos,
as rendeiras sentadas, cachimbando e tecendo,
o vendedor aquático de açaí, os índios,
a gente que trabalha nos mundos do Brasil,
os bois de Mato Grosso, os cavalos do pampa,
os jacarés esculpidos n'água de Marajó
e
as vitórias-régias, os carnaubais,
os a perder de vista canaviais que o vento acaricia,
as plantas, as pedras, as paisagens
e
os pertences da casa, as roupas de couro, os arreios,
o viver geral e humilde,
a terra brasileira em seus infinitos
matizes e vivências,
tudo quedou triste, sem ruído:
morreu Percy Lau, que desenhava o Brasil.

MURILO MENDES HOJE/AMANHÃ

O poeta elabora sua personagem,
nela passa a viver como em casa natal.
E não é a casa natal?

Faz a caiação da personagem,
cobre-a de azul celeste e púrpura de escândalo,
adorna-a de talha de ouro e asas barrocas,
burila-a, murila-a
(alfaiate de Deus talhando para si mesmo),
viaja com ela pelo universo.

O poeta cavalga o mito em pêlo
— é o verso dele que informa.
Dirige-se com rédeas cristalinas
de razão mineira — incendiada?
mas sempre vigente.
O caos toma sentido
visto da janela cosmorâmica
onde ele se debruça
para dentro para fora para o alto
para o fundo
para a organização do delírio
em código de poesia.

Criador manipulador participante
do espetáculo
ele próprio é o espetáculo em seus belos dias
de confidente de Mozart

ouvindo de olhos fechados, e impondo silêncio,
o que só em silêncio desabrocha,
para sair depois, com o guarda-chuva do Quixote,
em guerra contra a burguesia e seus moinhos
literoprovinciais.

Peregrino europeu de Juiz de Fora,
telemissor de murilogramas e grafitos,
instaura na palavra o seu império.
(A palavra nasce-me
fere-me
mata-me
coisa-me
ressuscita-me)

Torre corcunda de Pisa ou de Babel
de gritos, de visões, de enigmas rutilantes
afinal subjugados à sentença
de um mural espanhol:
Deus trágico;
de uma fonte romana:
Deus pagão;
do sentimento plástico de Deus
refratado na invenção de seus secretários-artistas.

O ponto de vista anedótico,
a história sarcástica do Brasil,
Jandiras e Clotildes cariocas,
tudo desaparece em névoa de terceiro plano
para revelar o poeta

e sua depurada personagem
em completa realidade.

Ei-lo declarando, pelo verbo de Ungaretti:

Non sarai un antenato
per non avare avuto figli.
Sarai sempre futuro per i poeti.

Não só por isso. Por ter sido futuro, entre passados
e estagnados:
futuro intensamente, poeta
a nascer amanhã, sempre amanhã.

A LÚCIO CARDOSO (NA CASA DE SAÚDE)

Entre visitas que perguntam,
no corredor, por tua vida
de artista recolhido à noite
sensorial, entre os amigos
que se inclinam preocupados
sobre a cisterna e não distinguem
teu reflexo brilhar no fundo,
entre os mais próximos e diletos
— não estou eu, porém de longe
mais perto me sinto e decifro
melhor teu perfil na sombra,
e perfil não só: tudo mais
que deu sentido a teu chamado
à rua dos homens: palavras
tramadas em papel, soando
em palco, problemas falantes,
movediços em preto-e-branco,
projeção em tela ou parede,
em cor quase som, mensagens
da mais subterrânea estação,
espectrais retratos do ser
para além de radiografias,
e um hálito de amor pedindo
espaços claros, praias de ouro
que se vão modelando em sonho
acordado, escrito, pintado.

Respiras, falas, comunicas-te
à revelia do corpo enfermo,
em tudo que é sinal. Contemplo
tua vida primeira e plena
a circular, transfigurada,
ó criador, entre vazios
sótãos de casa assassinada.

TRAÇOS DO POETA

Dantas Mota, profeta, e voz de rio
no curso do Oriente ou de Aiuruoca,
mineiramente amarga e transparente
para quem sabe ouvir, e que provoca

a poesia, onde quer que ela, pulsando,
seja signo de amor ou de protesto,
Dantas Mota, raiz de fundo alcance,
milho de ouro em paiol, bíblica festa

de fraterno sentir e revelar
as doídas verdades esquecidas,
as candeias, os lumes abafados,

o soluço travado na garganta
e o mais que se pressente, mas oculta-se
nos subúrbios longínquos da esperança.

LEMBRANÇA DE PORTINARI

O universo de Portinari
se às vezes dói, sempre fulgura:
entrelaça, como num verso,
o que é humano ao que é pintura.

A FALTA DE ERICO VERISSIMO

Falta alguma coisa no Brasil
depois da noite de sexta-feira.
Falta aquele homem no escritório
a tirar da máquina elétrica
o destino dos seres,
a explicação antiga da terra.

Falta uma tristeza de menino bom
caminhando entre adultos
na esperança da justiça
que tarda — como tarda!
a clarear o mundo.

Falta um boné, aquele jeito manso,
aquela ternura contida, óleo
a derramar-se lentamente.
Falta o casal passeando no trigal.

Falta um solo de clarineta.

FRUTUOSO VIANA

Era pequeno, era elegante, era discreto.
Não fez barulho na travessia terrestre.
Deixou apenas
um rastro de música apuradíssima.

ALAGADOS DA BAHIA

Casebres à flor d'água
balançam
no silêncio
o sonho de viver
o sonho de morrer.

Jenner Augusto sobre a água
sob o céu violeta
sob o céu de chumbo
lê o horóscopo das criaturas
que nos alagados
morrem sem viver.

A UM CONTEMPORÂNEO

I/ O SÁBIO SORRISO

Alceu e Tristão: o nome
e o pseudônimo ensinam
uma unidade de alma
na unidade do amor.

Pois é o amor unidade
multiplicada, e a vida
quando se recolhe aos livros
é para voltar mais vida.

Em 50 anos de letras
uma flor desenha as pétalas
de amoroso convívio:
o homem livre e ligado.

Livre e ligado a seu próximo
na larga avenida humana
em que beleza e justiça
fazem da espera, esperança.

Tristão e Alceu: a mesma
fiel cristalinidade:
uma criança sorrindo
no sábio à sombra de Deus.

II/ ALCEU NA SAFIRA DOS OITENT'ANOS

E chega o momento de olhar para o amigo
devagar, bem nos olhos
e sorrir para ele, sem dizer
nenhum desses vanilóquios de todo dia.
Dizemos alguma coisa para a fonte?
Alguma coisa para o ar?
Chega o momento de sentir
o amigo em estado de natureza,
e toda a limpidez
e toda a transparência
da alma se projeta
no que parece um vulto e é uma essência.

Alceu da Casa Azul do Cosme Velho
onde ricocheteavam as "balas de Floriano"
na Revolta da Armada
sem que a paz do jardim se anuviasse.
Alceu menino penetrando
a mina profunda e sinuosa do morro
como depois penetraria as almas
ansiosas de verdade,
essa alguma verdade pelo menos
que nossos dedos tentam alcançar
entre liquens, lagartos, seixos-navalha.
"Sou um terrível
(guardo tua palavra de há 40 anos)
pesquisador de almas.
Amo as almas como o avarento
ama suas moedas.

Ainda não cheguei à caridade
de amá-las por amor, só por amor,
amo-as por avidez do mistério,
insatisfação do que já sei,
do que já vi e desfolhei."

A mina desemboca
no ponto matinal
em que a luz espadana
sobre a frente e o dorso da vida.
Alceu, chegaste às cores da manhã
no alto do Corcovado
sobre a cidade dos homens confusos
sobre as suas rixas e descaminhos,
suas angústias disfarçadas em dança e tóxico,
suas esperanças machucadas,
suas frustrações latejantes na mudez,
a cidade geral — o mundo é uma cidade,
uma aldeia global, a casa em crise.

Na claridade que te envolve
és cada vez menos uma pessoa,
estátua bordada, professor
supostamente aposentado,
com CPF, cartão do IFP
domiciliado entre palmeiras.
És cada vez, cada vez mais
o pensamento aberto
à comunicação dos seres pelo amor
que exclui injustiça e as formas todas
de inumano tornar o ser humano.

Alceu, fiel ao nome
do cantor de Mitilene que à alegria
juntava o amor à liberdade,
e ensinas a maravilhosa devoção
do homem a seu destino criador,
sem as peias do medo e as farpas do ódio.
Alceu, amigo de fitar nos olhos
como se fita na árvore antiga
o primeiro verdor de sombra e sumo.

Alceu jovial e forte
— força de testemunhar, e proclamar
o que filtrado foi na consciência,
Alceu fraterno e puro, na safira
dos oitent'anos,
na graça
da vida plena,
que é doação e luta e paz no coração.

UMA FLOR PARA DI CAVALCANTI

Esta é uma flor para Di,
uma flor em forma di-
ferente: de flor-mulher,
desabrochada onde quer
que exista amor e verão.
Verão como a cor cinti-
la nas curvas, e sorri
nesse púrpuro arrebol
que Di tirou do seu Ri-
o coado de mel e sol.
Uma flor-pintura, zi-
nindo o canto de amor
que acompanhou toda a vi-
da o pincel, o gozo-dor
de criar e de sentir, di-
-vina e tão sensual ração
que coube, na Terra, a Di.

MANUEL BANDEIRA FAZ NOVENT'ANOS

Oi, poeta!
Do lado de lá, na moita, hem? fazendo seus novent'anos...
E se rindo, eu aposto, dessa bobagem de contar tempo,
de colar números na veste inconsútil do tempo, o inumerável,
o vazio-repleto, o infinito onde seres e coisas
nascem, renascem, embaralham-se, trocam-se,
com intervalos de sono maior, a que, sem precisão científica,
[chamamos de morte.
Mas bem que gostavas de fazer anos, lembras-te?
de tirar retrato, de beijar moçoilas flóreas, de rir
um riso que filtrava todas as salsugens da experiência e do de-
[sencanto,
e não era ácido, era indulgente/infantil, era sumo da suma:
como pesa a alma, como é leve o corpo,
mesmo visitado de mortais micróbios!

Sempre respeitei teus silêncios-pigarro
e seus corredores frios.
Parava diante da campainha
sem saber: toco?
surpreendo?
pergunto, de gravador?
Hoje me sobe o desejo
de saber o que fazes, como,
onde:
em que verbo te exprimes, se há verbo?
em que forma de poesia, se há poesia,
versejas?

em que amor te agasalhas, se há amor?
em que deus te instalas, se há deus?

Que lado, poeta, é o lado de lá,
não me dirás, em confiança?
Como passas as manhãs,
a cor qual é de teu dia,
como anoiteces? (Perdoa
falar-te em termos horários,
sobre a extradimensão sem relógios.
Vezo terrestre.) Sorris.
Sorriso-tosse,
com reticências. Desisto.

É aqui, neste agora, no teu livro
que te encontro:
Manuel, profundamente,
poeta de vastas solidões
desabrochadas em curta, embaladora
(como esquecê-la?) surdinada canção.

Manuel canção de câmara, Manuel
canção de quarto e beco,
ritmo de cama e boca
de homem e mulher colados no arrepio
do eterno transitório: traduziste
para nós a tristeza de possuir e de lembrar,
a de não possuir e de lembrar,
a de passar,
mescla do que foi, do que seria,
simultaneamente projetados

na mesma tela branca de episódios
— em nós, vaga, soprada cinza,
em ti, o sopro intenso de poesia.

Isto nos deste, verso a verso,
e só depois o soubemos claramente,
na leitura da luz da vida inteira.
Foste nosso poeta, doaste som
de piano e violão e flauta ao sentimento
esparso, convulsivo, dos amantes,
dos doentes, dos fracos, dos meninos,
dos sozinhos, na praça ou sanatório:
Manuel-muitos-irmãos no gesto seco.

Novent'anos, será? ou és menino
também e para sempre
agora que viveste a dor da vida
e sorris no mais longe Pernambuco?

FOLHEANDO DISEGNI, DE KANTOR

Kantor:
o desenho torna-se modo de possuir as coisas
o desenho torna-se modo de absorver a coisa
o desenho torna-se modo de viver a coisa
o desenho torna-se modo de oferecer a coisa
em sua realidade não circunstancial.

Kantor:
a palavra torna-se a última projeção do desenho
a palavra transporta o desenho para o sentimento do desenho
a palavra incorpora-se ao desenho
a coisa o desenho a palavra
fundem-se em generosa radiação.

Kantor:
invade o país dos signos e deles faz sua mansão.

A ABGAR RENAULT

A contagem de tempo
do poeta
não é a do relógio
nem a da folhinha.
É amadurecer de poemas
a envolvê-lo e tirar-lhe
toda marca de tempo
de folhinha
e relógio
e a situá-lo
na franja além do tempo
onde paira o sentido
a razão última das coisas
imersas de poesia.

A LOURDES E CASSIANO RICARDO

No jardim cassiano
a florida acácia
de cassa vestida
      translúcida
luz de lourdes lua
      luaramar

EXERCITIA, DE JOSÉ GERALDO NOGUEIRA MOUTINHO

A procura do número
na lição de Agostinho
e o encontro da poesia
no Oriente deserto
(*sans ennui*)
na escala de Alcavala
na maçã de Cézanne
— flecha em vôo andorinho —
tudo revela a arte,
o engenho, a fina parte
da lucidez no sonho
de Nogueira Moutinho.

O NARIZ DO MORTO

— Olha. *O nariz do morto!* — que nariz
e que morto? Que piada mais sem graça
é esta? — Não senhor. É o Vilaça
(Antônio Carlos) com seu livro duro
e triste, machucante — almofariz
em que mói a si próprio e se destrói,
para ressuscitar ainda à procura
de seu rumo, indefesa criatura
solta ao vento da vida. Quer a paz?
Quer a guerra interior, ou foge dela?
Entre cacos de vida, Sigismundo,
numa doçura mista de amargor,
de letras e leituras faz seu mundo.
Há de salvá-lo, não a fé; talvez
o raio impressentido de um amor.

A PAISAGEM NO LIMITE

Este mundo não existente
existe, sim, hoje fundado
por Maria Teresa Vieira:
uma proposta de alegria,
de comunhão em cores altas,
de vida atenta à vibração
de cristalinos sinos mágicos.
Suas paisagens são províncias
esperando nossa visita:
florescentes longe do tédio,
da violência e do desamor,
no limite pairam do sonho,
onde novo real se inaugura
no coração mesmo da cor.

VISÃO DE CLARICE LISPECTOR

Clarice
veio de um mistério, partiu para outro.

Ficamos sem saber a essência do mistério.
Ou o mistério não era essencial,
era Clarice viajando nele.

Era Clarice bulindo no fundo mais fundo,
onde a palavra parece encontrar
sua razão de ser, e retratar o homem.

O que Clarice disse, o que Clarice
viveu por nós em forma de história
em forma de sonho de história
em forma de sonho de sonho de história
(no meio havia uma barata
ou um anjo?)
não sabemos repetir nem inventar.
São coisas, são jóias particulares de Clarice
que usamos de empréstimo, ela dona de tudo.

Clarice não foi um lugar-comum,
carteira de identidade, retrato.
De Chirico a pintou? Pois sim.

O mais puro retrato de Clarice
só se pode encontrá-lo atrás da nuvem
que o avião cortou, não se percebe mais.

De Clarice guardamos gestos. Gestos,
tentativas de Clarice sair de Clarice
para ser igual a nós todos
em cortesia, cuidados, providências.
Clarice não saiu, mesmo sorrindo.
Dentro dela
o que havia de salões, escadarias,
tetos fosforescentes, longas estepes,
zimbórios, pontes do Recife em bruma envoltas,
formava um país, o país onde Clarice
vivia, só e ardente, construindo fábulas.

Não podíamos reter Clarice em nosso chão
salpicado de compromissos. Os papéis,
os cumprimentos falavam em agora,
edições, possíveis coquetéis
à beira do abismo.
Levitando acima do abismo Clarice riscava
um sulco rubro e cinza no ar e fascinava.

Fascinava-nos, apenas.
Deixamos para compreendê-la mais tarde.
Mais tarde, um dia... saberemos amar Clarice.

UM LÍRIO, POR ACASO

E de repente Santa Teresinha
— quem diria? — faz 100 anos.
Ela que tem sempre 24
nas estampas dos *gay twenties.*

Santa do modernismo brasileiro,
do altar particular de Ribeiro Couto,
a quem curaste de tuberculose,
a tuberculose de que morreste,
santa invocada por Manuel Bandeira:
"Santa Teresa, não, Teresinha.
Teresinha do Menino Jesus.
Me dá alegria!"
Não o atendeste, amiga Teresinha...

O poeta se queixava:
"Fiz tantos versos a Teresinha...
Versos tão tristes nunca se viu!
Pedi-lhe coisas. O que eu pedia
era tão pouco! Não era glória...
Nem era amores... Nem foi dinheiro...
Pedia apenas mais alegria:
Santa Teresa nunca me ouviu!"

A ti nada pedi, mas simpatizava
com teu jeito simples de ser santa
do nosso tempo de incredulidade,
tempo de ciências exatas, Marx, anarquismo.

(Os ateus brasileiros levam sempre um santinho no bolso,
nossos comunas quando morrem, a família reza missa
de sétimo dia e de trigésimo.)
Simpatizava, simpatizava contigo
lendo tua autobiografia na tradução do padre Lochu
antes que me expulsassem do colégio
com a aprovação do próprio tradutor.

Naquele tempo
as autobiografias dos santos eram censuradas
e eu não sabia que foste
carmelitanamente precursora
do feminismo:
"Ah, pobres mulheres, tão desprezadas!
A todo instante nos proíbem:
Não faça isto, não faça aquilo,
e ameaçam excomungar-nos..."
Suave santa brasileira
por graça do diminutivo
que te fazia baiana, carioca, uberabense
(quem ousou um dia falar Santa Isabelinha, Santa Margaridi-
[nha?),
muito mais próxima de nós, em Lisieux,
do que a filha de Capistrano clausurada
ali no Morro,
e tão novinha
que dava oportunidade de dizer
a um senhor de 60 anos, na Avenida:
"Esta santa, mais moça do que eu..."
Então podemos todos ser santos?
Os santos não são apenas medievais

predestinadíssimos, raríssimos,
para realçar ainda mais
nossa impossibilidade de pureza
ou para resgatá-la?

Vez ou outra eu ruminava essas coisas
enquanto ia chafurdando e esquecendo
a nostalgia de ter tido
o desejo, não digo de ser santo,
mas apenas o franciscano encapuzado
que assiste ao enterro do Conde de Orgaz
junto de Santo Agostinho e Santo Estêvão
na tela fantástica do Greco,
ou um dos pescadores no políptico de São Vicente,
de Nuno Gonçalves ou Hugo van der Goes, que sei eu,
aquele pescador quase de bruços
no painel da esquerda.

Já nem sei, minha santa,
qual o teu papel na Igreja contestante
de setenta,
és talvez, tão bonita, tão menina,
frágil demais para o serviço que se exige
do novo Cristo combatente
mas a doçura não é arma também,
a seu tempo e seu modo, no combate?

Reparo agora,
já não és menina, és centenária,
ou assim te conta o tempo a vida breve,
e tenho de chamar-te vovozinha,

vovozinha Teresa do Carmelo,
de mel no nome e de ternura acesa
no coração de um distraído agnóstico,
ao abrir o jornal e nele ver
três linhas com teu nome,
entre os nomes de Hanói e de Manágua,
como um lírio nascido por acaso.

JOAN CRAWFORD: *IN MEMORIAM*

No firmamento apagado
não luciluzem mais estrelas de cinema.
Greta Garbo
passeia incógnita a solidão de sua solitude.
Marlene Dietrich
quebrou a perna mítica de valquíria.
Joan Crawford,
produtora de refrigerantes, o coração a matou.
O cinema é uma fábula de antigamente
(ontem passou a ser antigamente)
contada por arqueólogos de sonho, em estilo didático,
a jovens ouvintes que pensam em outra coisa.
O nome perdura. Também é outra coisa.
Tudo é outra coisa, depois que envelhecemos.
E não há mais deusas e deuses. Há figurinhas
móveis, falantes, coloridas, projetadas
no interior da casa. Não saem nunca mais,
enquanto se esvazia o céu da Grécia
dentro de nós — azul já negro, ou neutra-cor.
Joan, não beberei por ti, à guisa de luto,
nenhum líquido fácil e moderno.
Sorvo tua lembrança
a lentos goles.

POSTAL PARA CATHERINE

Paris pede postais
para Catherine.
Rápido, que a menina
espera no hospital.
Comprem no jornaleiro da esquina
lagoas e corcovados
escrevam do outro lado
um beijo
mandem para Catherine
à morte no hospital.
Ela quer ver o mundo
pintado de outra cor
não branco de parede
o branco desolado
sem qualquer imagem.
Telefonem para Minas
peçam postais de serras
pairando no fim do azul
de estalactites, vacas
pastando sonho na campina.
Pinheiros do Paraná saúdem
verticalmente Catherine.
A flor mais triunfal
aberta em bandeja sobre a água
siga do Norte para Catherine.
Coqueiral do Nordeste,
rumo a Paris onde a garota
viaja imóvel

vendo passar a Terra
plastificada em postal.
Canoa de Búzios
alpendre missioneiro do Rio Grande
talha de ouro da Bahia
procissões de navegantes
frevos, rodas de samba
gostocor do Brasil
ao natural
saltos, corredeiras
correi de avião para perto
da cama numerada de Catherine
a que vai morrer e olha
para longe do número
o espetáculo em flor
da vida no postal.
(O postal seleciona
o que vale ser visto
pela que diz adeus
à vida no geral.
Nada de imagem rude
em clichê de jornal
mostrando em branco-e-preto
o que já se adivinha
no quadrado do quarto
de hospital.)
Catherine morrendo
leva consigo a antologia
de sítios amoráveis
ilhas de prazer
e verduras felizes

(o capricho de Deus)
entre festas ingênuas
que celebram a vida
e a graça de viver
(o capricho do homem).
Empresa dos Correios,
não atrase a remessa
da chuva de postais
à menina, que o prazo
que a leucemia abriu
aos olhos esperantes
é um prazo fatal.
... A Cacilda aqui perto
de nós e sem olhar
que fale de um desejo,
sem voz que nos devolva
as suas trinta vidas
de trinta personagens
no quarto angustiado
à espera de Godot
à espera da esperança,
que daremos senão
amor amor em pânico
se ela não pede nada?

A VOZ

O Brasil tem muitas Aparecidas.
Tem Aparecida de Goiânia e de Goiás.
Tem Aparecida de Minas e do Oeste, no Paraná.
Tem Aparecida do Tabuado, em Mato Grosso,
e tantas outras, onde quer que a fé provoque aparições.
Tem sobretudo Aparecida de São Paulo,
onde uma santa apareceu nas águas do rio
e era uma santa negra do barro e do limo das profundezas do
[rio.
Pescadores a trouxeram, um altar a recolheu.
E há mais de dois séculos Nossa Senhora da Conceição
distribui milagres entre os humildes e os poderosos,
igualmente necessitados de milagre.

Maria d'Aparecida, não vieste das águas do rio.
Vieste de mais longe,
de um mais profundo abismo de raça e de sonho.
Tua voz caminheira
nos conta do que paira além da ciência dos Conservatórios
e do tratamento operístico da vida.
É uma voz que vem das entranhas do vento e dos coqueirais,
do sigilo dos minérios e das formações vulcânicas do amor.
Terrestre. Telúrica. Mulher.
Tua voz, d'Aparecida, é aparição
fulgurante, sensitiva, dramática
e vem do fundo nigroluminoso de nossos corações
e vai, e volta, e vai.
Maria d'Aparecida do Brasil,
aparecedoramente cantaril.

A AFONSO ARINOS, SETENTÃO

Afonso, que brincadeira!
Ontem, no Colégio Arnaldo,
garotinho irresponsável;
hoje, em teus setenta anos,
verbete de enciclopédia...

E que bonito verbete,
que página além da página,
esse teu sulco profundo
na história silenciosa
de nossa gente (a outra história,
feita de noites-vigília
no escritório-oficina
de soluções e de rumos
para o instante desvairado).

Renitente praticante
de ofícios entrelaçados:
o de servidor de idéias
e o de servidor do povo,
o povo que, desconfio,
mal pode saber ainda
o que por ele tu fazes
armado só de palavra,
entre leis estraçalhadas,
esperanças malogradas
e sinais de mundo novo
rogando decifração.

Afonso, o da claridade
de pensamento, o de espírito
preocupado em riscar
passarelas de convívio
por entre irmãos divididos
e malquerenças rochosas
no território confuso:
Afonso, que bela vida
a vida nem sempre aberta
às sonatas da vitória!

Ser derrotado, quem sabe
se é raiz amargosa
de triunfo intemporal?
O tempo, esse boiadeiro
de botas lentas e longas,
vai pisando na estrumeira
do curral, vai caminhando,
vai dando voltas na estrada,
alheio a cupins e onças,
pulando cercas de farpa,
vadeando rios espessos
até chegar ao planalto,
ao maralto, ao alto-lá
onde tudo se ilumina
ao julgamento da História.

Afonso, meu combatente
do direito e da justiça,
nosso exato professor
do direito mais precário
(o tal constitucional),

Afonso, *galantuomo*
que tens duas namoradas:
Anáh, de sempre, e essa outra
exigentíssima dama
que chamamos Liberdade,
Afonso, que vi xingado
de fascista e de outros nomes
que só a burrice inventa,
quando por sinal voltavas
de torva delegacia
aonde foste interceder
em momentos noturnais
pelos que iam xingar-te...

Mas o pico de viver
está justamente nisto
que bem soubeste ensinar-nos
combinar ternura e *humour*,
amenidade, puerícia
nos intervalos de luta.
E não disseste que doido
no fundo é todo mineiro
sob a neutra vestimenta
da mais sensata aparência?
Não disse Ribeiro Couto,
em breve arrufo amical,
que ouviu do Dr. Afrânio:
"Esse menino é maluco"?

Maluco, salve, o maluco,
o poeta mariliano,

o mirone de Ouro Preto,
cantor da barra do dia,
revelador do passado
em sua íntima verdade,
renovador de caminhos
de nossas letras e artes,
derrubador de odiosas
linhas de cor e prejuízo
(irmãos de pele diversa
já podem sentar-se à mesa
nacional, a teu chamado),
criador de nova atitude
do País perante os grandes,
humano e humanista Afonso,
salve, maluco! te amamos.

SÃO SEBASTIÃO E PECADORES DO RIO DE JANEIRO

RETRATO DE UMA CIDADE

I

Tem nome de rio esta cidade
onde brincam os rios de esconder.
Cidade feita de montanha
em casamento indissolúvel
com o mar.

Aqui
amanhece como em qualquer parte do mundo
mas vibra o sentimento
de que as coisas se amaram durante a noite.

As coisas se amaram. E despertam
mais jovens, com apetite de viver
os jogos de luz na espuma,
o topázio do sol na folhagem,
a irisação da hora
na areia desdobrada até o limite do olhar.

Formas adolescentes ou maduras
recortam-se em escultura de água borrifada.
Um riso claro, que vem de antes da Grécia
(vem do instinto)
coroa a sarabanda a beira-mar.
Repara, repara neste corpo
que é flor no ato de florir
entre barraca e prancha de *surf*,

luxuosamente flor, gratuitamente flor
ofertada à vista de quem passa
no ato de ver e não colher.

II

Eis que um frenesi ganha este povo,
risca o asfalto da avenida, fere o ar.
O Rio toma forma de sambista.
É puro carnaval, loucura mansa,
a reboar no canto de mil bocas,
de dez mil, de trinta mil, de cem mil bocas,
no ritual de entrega a um deus amigo,
deus veloz que passa e deixa
rastro de música no espaço
para o resto do ano.

E não se esgota o impulso da cidade
na festa colorida. Outra festa se estende
por todo o corpo ardente dos subúrbios
até o mármore e o *fumé*
de sofisticados, burgueses edifícios:
uma paixão:
        a bola
                    o drible
                                   o chute
                                                  o gol
no estádio-templo que celebra
os nervosos ofícios anuais
do Campeonato.

Cristo, uma estátua? Uma presença,
do alto, não dos astros,
mas do Corcovado, bem mais perto
da humana contingência,
preside ao viver geral, sem muito esforço,
pois é lei carioca
(ou destino carioca, tanto faz)
misturar tristeza, amor e som,
trabalho, piada, loteria
na mesma concha do momento
que é preciso lamber até a última
gota de mel e nervos, plenamente.

A sensualidade esvoaçante
em caminhos de sombra e ao dia claro
de colinas e angras,
no ar tropical infunde a essência
de redondas volúpias repartidas.
Em torno de mulher
o sistema de gestos e de vozes
vai-se tecendo. E vai-se definindo
a alma do Rio: vê mulher em tudo.
Na curva dos jardins, no talhe esbelto
do coqueiro, na torre circular,
no perfil do morro e no fluir da água,
mulher mulher mulher mulher mulher.

III

Cada cidade tem sua linguagem
nas dobras da linguagem transparente.

Pula
do cofre da gíria uma riqueza,
do Rio apenas, de mais nenhum Brasil.
Diamantes-minuto, palavras
cintilam por toda parte, num relâmpago,
e se apagam. Morre na rua a ondulação
do signo irônico.
Já outros vêm saltando em profusão.
Este Rio...
Este fingir que nada é sério, nada, nada,
e no fundo guardar o religioso
terror, sacro fervor
que vai de Ogum e Iemanjá ao Menino Jesus de Praga,
e no altar barroco ou no terreiro
consagra a mesma vela acesa,
a mesma rosa branca, a mesma palma
à Divindade longe.

Este Rio peralta!
Rio dengoso, erótico, fraterno,
aberto ao mundo, laranja
de cinqüenta sabores diferentes
(alguns amargos, por que não?),
laranja toda em chama, sumarenta
de amor.

Repara, repara nas nuvens; vão desatando
bandeiras de púrpura e violeta
sobre os montes e o mar.
Anoitece no Rio. A noite é luz sonhando.

ELEGIA CARIOCA

Nesta cidade vivo há 40 anos
há 40 anos vivo esta cidade
a cidade me vive há 40 anos

Sou testemunha
cúmplice
objeto
triturado confuso agradecido nostálgico
Onde está, que fugiu, minha Avenida Rio Branco
espacial verdolenga baunilhada
eterna como éramos eternos
entre duas guerras próximas?
O Café Belas-Artes onde está?
E as francesas do bar do Palace Hotel
e os olhos de vermute que as despiam
no crepúsculo ouro-lilás de 34?

Estou rico de passarelas e vivências
túneis nos morros e cá dentro multiplicam-se
rumo a barras-além-da tijuca imperscrutáveis
Sou todo uma engenharia em movimento
já não tenho pernas: motor
ligado pifado recalcitrante
projeto
algarismo sigla perfuração
na cidade código

Onde estão Rodrigo, Aníbal e Manuel
Otávio, Eneida, Candinho, em que Galeão

Gastão espera o jato da Amazônia?
Marco encontros que não se realizam
na abolida José Olympio de Ouvidor
Ficou, é certo, a espelharia da Colombo
mas tenho que tomar café em pé
e só Ary preserva os ritos
da descuidada prosa companheira
Padeiros entregam a domicílio
o pão quentinho da alegria
o bonde leva amizades motorneiras
as casas de morar deixam-se morar
sem ambição de um dia se tornarem
tours d'ivoire entre barracos sórdidos
o rádio espalha no ar Carmem Miranda
a Câmara discursa
os maiôs revelam 50%
mas prometem bonificações sucessivas
O Brasil será redimido pelo socialismo utópico
Getúlio sorri, baforando o charutão
Rio diverso múltiplo
desordenado sob tantos planos
ordenadores desfigurados geniais
ferido nas encostas
poluído nas fontes e nas ondas
Rio onde viver é uma promissória sempre renovada
e o sol da praia paga nossas dívidas
de classe média
enquanto multidões penduradas nos trens elétricos
desfilam interminavelmente
na indistinção entre vida e morte

futebol e carnaval e vão caindo
pelo leito da estrada os morituros

Ser um contigo, ó cidade
é prêmio ou pena? Já nem sei
se te pranteio ou te agradeço
por este jantar de luz que me ofereces
e a ácida sobremesa de problemas
que comigo repartes
no incessante fazer-te, desfazer-se
que um Rio novo molda a cada instante
e a cada instante mata
um Rio amantiamado há 40 anos.

ALEGRIA, ENTRE CINZAS

Manhã de quarta-feira.
Santa Luzia e São José chamam as cinzas
em suas igrejas libertas de carnaval.
"Quando jejuardes
— naquele tempo disse Jesus a seus discípulos —
não vos entristeçais como os hipócritas..."
Por isso, das cinzas ainda quentes
do carnaval levantam-se os carnavalescos
e voltam ao trivial pressaboreando
a festa do ano próximo — alaúza!

Milhares e milhares e milhares
de passistas sambistas bateristas
servidores de um rei que pula e não castiga,
tiram a pestana suficiente
para emendar a festa com o batente.
Pequeno Luís Rei de França do Salgueiro
despe a magnificência, pede a bênção
ao pai, bombeiro hidráulico, na oficina.
Meio-dia.
Clóvis Bornay bate o ponto no Museu.
Volta ao circo o elefante imperial
que transportava Dona Santa do Maracatu.
Volta o Municipal amarfanhado
ao seu silêncio de ópera sem partitura.
Volta a grama a crescer, ou custa um pouco
nos jardins massacrados? Por milagre

voltam os galhos verdes decepados,
para junto dos troncos, ou não mais
estes oitis serão como eram antes?

Que mortes vegetais o grão desfile
foi lavrando no corpo da cidade?
Que atropelos, atrasos, prejuízos
dançaram de ciranda-confusão,
para que açafatas e marqueses
surrealistas de uma noite
deslumbrassem turistas-privilégio
em arquibancadas equipadas
com sanitários *fiberglass*
que em lugar nenhum outro aos joões-brandões
atendem no momento de aflição?

Cinzas,
pó de penitência. Será mesmo?
penitência de quê — do não brincado
ou de folgança programada
a que falta a cedilha do espontâneo?
Dói a cabeça, a dor circula
o corpo inteiro, doendo em parafuso,
em *looping*, xadrez, diagonal.
Mas a última célula da memória
registra ainda o ranger de babilônias
em rouco marulhar de som e selva:
cataratas humanas de Iguaçu,
pavões, califas de Bagdá e Realengo
desfilam entre rainhas gaditanas

com torres de marfim no cocuruto,
pescadores portam jacarés
personalizados como cheques,
homens de Neandertal voltam à origem
e, emergindo do mar de plástico e sarrafos,
Iemanjá Dandalunda Janaína
crioula cor de prata
rabeia com tiques de sereia
perto do cartorial Palácio da Justiça.
Ou foi tudo pesadelo
de três-quatro noites mal *curtidas*?

Cinza, cinza redentora
de todos os pecados contra o gosto
cometidos e a cometer em nome da alegria
(essa senhora tão ausente
dos programas alegres).
Ainda de *pareôs, sarongs,* camisetas
suados de pular, hoje caídos
no chão cinza do quarto
ressonam meus irmãos.
Que bocejo de festa cansadeira
no *bustier* de lenço drapejado.
Lamê enlameado na sarjeta.
Strass.
Stress.
Liza Minelli passou entre passistas?
Frank Sinatra não veio, como sempre.
O mundo-melhor de Pixinguinha
e o mundo-melhor dos utopistas
dissolvem-se na mesma inconclusão.

De qualquer modo, irmãos, amigos meus,
ouçamos a palavra que em Mateus
(VI-16) está gravada:
"Não vos entristeçais como os hipócritas..."
Há sempre uma promessa de alegria.

CAPÍTULOS DE HISTÓRIA COLONIAL

BRANCA DIAS

Branca Dias
paixão de frade
em seu engenho
da Paraíba
repele o amor
pecaminoso.
O amor se vinga:
É acusada
de judaísmo.
Já vão prendê-la.
Atira jóias
e prataria
na correnteza.
A água vira
Riacho da Prata.
Morre queimada
no santo lume
da Inquisição
em Portugal.
Reaparece
na Paraíba
em Pernambuco
sob o luar
toda de branco
sandálias brancas
cinto azul-ouro.
Branca Dias
— garantem livros —

nunca existiu,
é lenda pura
de lua cheia.
E a Inquisição
provavelmente
outra ilusão.

GOVERNADOR EM VIAGEM

Do Rio a Vila Rica
passando por São Paulo
são léguas de infinito,
contrabando e onça,
carrapato, carrapicho,
inseguro pousar
na ventania dos ranchos.

Governador vai governando
a cavalo, que remédio?
Vai ouvindo, nomeando,
prendendo
se é caso de prender,
e recolhendo mesuras,
mas na hora de comer,
mas na hora de dormir,
de que lhe vale a patente?

Antes fosse para a Índia.
O sofrido espinhaço,
os dolentes intestinos
reclamam da jornada.
A escuridão sem tapetes
é bem naquele lugar
onde Judas perde as botas.

Ei, amigo, que me ofertas?
Chão de terra, sim senhor.

E de boca?
Saberá Vossa Importância
que em minha trempe cozinho
a metade de um macaco
e umas poucas formigonas.

— A que sabem teus petiscos?
— Macaco, a caça mais fina
que pula neste fundão,
e bumbum de tanajura,
dês que cozido a preceito,
não há manteiga de Flandres
que em gosto se lhe compare.
Quer provar?

(Bravo Conde, pobre Conde
de Assumar,
já começa a vomitar.)

INCONFIDÊNCIA MINEIRA

Tem dois escravos Padre Toledo:
José Mina, que toca trompa,
Antônio Angola, rabecão.
O padre mete-se no rocambole
da insurreição.
A Real Justiça levanta o braço
da repressão.

Engaiola o padre na fortaleza
de São Julião.
Confisca os músicos, confisca a trompa
e o rabecão.
Música-gente, crioula música
duas vezes
na escravidão.

FALA DE CHICO-REI

Rei,
duas vezes, Rei, Rei para sempre,
Rei africano, rei em Vila Rica,
Rei de meu povo exilado e de sua esperança,
Rei eu sou, e este reino em meu sangue se inscreve.
Arranquei-o do fundo da mina da Encardideira,
partícula por partícula, sofrimento por sofrimento,
com paciência, com astúcia, com determinação.
Era um Reino que ansiava por seu Rei.
Tinha a cor do Sol faiscando depois de sombria navegação,
a cor de ouro da liberdade.
Hoje formamos uma só Realeza, uma só Realidade
neste alto suave de colina mineira.
Aqui edifiquei a minha, a nossa Igreja
e coloquei-a nas mãos da virgem etíope,
nossa princesa santa e sábia: Efigênia,
sob as bênçãos da rainha Celeste do Rosário.
Meus súditos me são fiéis até o sacrifício,
por lei de fraternidade, não de medo ou tirania.
São livres e alegres depois de tanta amargura.
A alegria de meu povo explode
em charamelas, trombetas e gaitas,
rouqueiras de estrondo e júbilo,
canções e danças pelas ruas.
A alegria de meu povo esparrama-se
no trabalho, no sonho, na celebração
dos mistérios de Deus e das lutas do Homem.
Nossa pátria já não está longe nem perdida.

Nossa pátria está em nós, em solo novo e antiga certeza.
Amanhã, quem sabe? os tempos outra vez serão funestos,
nossa força cairá em cinza enxovalhada.
(Sou o Rei, e o destino da minha gente
habita, prenunciador, o meu destino.)
Mas este momento é prenda nossa e renascerá
de nossos ossos como de si mesmo.
Em liberdade, justiça e paz,
num futuro que a vista não alcança,
homens de todo horizonte e raça extrairão de outra mina mais
[funda e inesgotável
o ouro eterno, gratuito, da vida.

ASSIM VAI (?) O MUNDO

ULTRATELEX A FRANCISCO

Francisco, bom-dia no seu dia!
O dia de sua morte... Quem falou?
Imagino um a-fresco de Giotto:
Aves riscam os *quatro ventos* do céu,
formam cruzes de plumas. Entre elas,
sobe o poeta a conversar com os anjos.
Ninguém repara em suas mãos transparentes
o signo de cinco cravos sangrentos.
Cruzes e cravos que amor transmuda
em alegria superior a sofrimento.
Não é morte. É dia pleno.

Oi Francisco, perito em alegrias especiais!
A maior: não possuir nada de nada.
Nem mesmo o burel castanho: é para rasgar e distribuir.
Nem mesmo o corpo: reservado
aos estigmas da divina predileção.

Francisco operário madrugador na construção de igrejas
(não de edifícios de renda, longe disso):
tantas coisas para lhe contar, daqui de baixo.
Mas você não cansou, em sete séculos e meio,
de ouvir a eterna queixa, o monocórdio estribilho
de nossa falta de humildade cortesia ternura nudez?

Veja por exemplo os bichos. (Só a eles me refiro
porque não falam por si.) Arvoro-me em secretário
do mico-estrela, da tartaruga, da baleia,

de todos, todos. Dos mais espetaculares aos mínimos,
tão míseros.
De irmãos você os chamava. Repare: aterrorizados,
fogem de nós, com muita razão e longos medos.
De um e outro, isolados,
gostamos. Coisa nossa, brinquedo. É gosto sem gostar,
feito de posse-domínio.
Veja as infinitas coleções
de animais que padecem em todos os chãos e águas da Terra
e não podem dizer que padecem, e por isso padecem duas vezes,
sem o suporte da santidade.

Pior, Francisco: o padecimento deles
é de responsabilidade nossa — humana? desumana.
Pois nós os torturamos e matamos
por hábito de torturar e de matar
e de tornar a fazê-lo, esporte
com halalis, campeonatos, medalhas, manchetes,
ouro pingando sangue.

Repiso estas coisas meio encabulado.
Tão velhas!
Tão novas sempre, secamente.
Técnicas letais varejam o fundo do mar
e o velho tiro, a velha lâmina
estão sempre caçando o irmão-bicho.

Lembrar que terrível penúria de amor
lavra nos corações convertidos em box
de supermercado de crueldades?

E penúria logo de amor,
essa matéria-prima, essa veste inconsútil de sua vida, Francisco?

Calo-me, santinho nosso,
mas antes faço-lhe um apelo:
Providencie urgente sua volta ao mundo
no mesmo lugar, em lugar qualquer,
principalmente onde se comercia a santa esperança dos homens,
para ver se dá jeito,
jeito simples, franciscano, jeito descalço
de consertar tudo isso. Os bichos,
por este secretário, lhe agradecem.

MAL DO SÉCULO

Como se não bastasse o mundo de tristezas
entre céu e terra,
principalmente em terra,
vem o agrônomo, descobre
o vírus da tristeza nas laranjeiras.

ANTIBUCÓLICA 1972

— Até a Clorofila?...

— Sim senhor:
até a clorofila entra na fila
dos poluidores. Diz-nos um doutor
de Illinois, que em matéria de monóxido
de carbono, a graminha é uma parada.

Aparemo-la então, que em disparada
a relva, no jardim ou em depósito
no quarto de dormir (sei lá) é o mesmo
que automóvel queimando gasolina.

— A sina, pois, do mundo, é sem remédio?
Se da fumaça escapo, e rodo a esmo
pelos parques cisneiros da cidade
trato de preparar meu epicédio,
pois o verde, de amigo fez-se imigo
e me leva, com toda a falsidade,
para o último hotel, vulgo jazigo.

Nó mais, verde, nó mais, que a língua tenho
(Camões que me perdoe, com seu engenho)
acidulada e a voz enrouquecida.
Já tusso, já sufoco, já me vejo
na horizontal postura inarredável
só de papar um mísero legume

ou de alecrim cheirar meigo perfume
que esconde no seu seio algo terrível.

Ah, natureza má que me enganavas,
fingindo-te benigna: vai às favas
e que as favas te sejam bem letais,
que de árvores, arbustos, tenras folhas,
tudo isso que polui, não quero mais
saber. Não são usinas gigantescas,
bombas, resíduos mil, restos largados
à flor das águas em sinistras bolhas
que corrompem a vida que vivemos.
É a grama, o capim, leve, ondulante,
forma que o vento curva a seu talante,
e que, ao perecer, nos envenena
o ar, desprendendo o tóxico tremendo.
É grama, é folha, é rama, ó Tom, é planta,
são as flores de março... mas que pena.

Bonito, vegetais; é isso aí?
Em vez de fotossíntese, vocês
fotossujeira operam na atmosfera?
Já era a pura estampa virgiliana
sub tegmine fagi (leia-se: oiti),
nos braços de Amarílis ou de Inês?
Emudece a canção, flauta de cana,
e foge, pastor meu, dos verdes campos,
previne os bois, avisa os pirilampos,
que a coisa não está de brincadeira.

A poluição, sabe-se agora, é velha
mais do que o homem. E não será o homem
freguês da poluição, em vez de autor?
Por pessimista, rogo, não me tomem,
nem quero ser tachado de farsista:
Se tudo é poluição, até na flor,
no vergel, no quintal, seja o que for
tratemos com a máxima presteza
de redigir político tratado:
Teremos cativado a natureza,
convindo em que convivam lado a lado
o homem e a poluição fazendo amor.

ENTREATO DE PAZ

As partes conflitantes decidiram
suspender a matança
e por entre ruínas e cadáveres
instaurar a esperança.

A morte, agradecida, pisca o olho:
— "Era um trabalho louco
ceifar de ponta a ponta essa Indochina..."
Vai descansar um pouco?

Em vinte e três artigos e parágrafos
a sorte se resolve,
mas quem morreu sem culpa e sem aviso
esse nunca mais volve.

Neuróticos, descrentes, mutilados
— firma-se o protocolo —
volvem, de saldo, os prisioneiros: medra
medrosa flor, no solo.

Fraca se torna a força mais turuna,
incapaz a granada
de repetir efeitos conclusivos:
recolhe-se empatada.

A guerra não é mais aquela forma
de consertar o mundo

ao nosso estilo ou vista filosófica
ou apetite fundo?

Alguma coisa mais existe, e barra
a fúria belicista;
uma coisa sem nome definido,
poder que não se avista.

E essa coisa ressurge quando a bomba
parecia extingui-la
e ninguém lhe destrói a coice d'armas
a essência tranqüila.

A guerra perde a guerra, e a vida ganha
direito de viver
mas amanhã revive a velha história:
matar para vencer?

Este *round*, viva a vida! nós ganhamos
contra o poder da morte.
A paz, de asas feridas, tão mais débil,
revela-se a mais forte.

Uma lição se colhe de tudo isto,
ou nenhuma lição:
alcançará o homem, bicho estranho, ser,
de si mesmo, irmão?

TODO MUNDO E NINGUÉM
(*AUTO DA LUSITÂNIA*, DE GIL VICENTE)

NINGUÉM — Tu estás a fim de quê?

TODO MUNDO — A fim de coisas buscar
que não consigo topar.
Mas não desisto, porque
o cara tem de teimar.

NINGUÉM — Me diz teu nome primeiro.

TODO MUNDO — Eu me chamo Todo Mundo
e passo o dia e o ano inteiro
correndo atrás de dinheiro,
seja limpo ou seja imundo.

BELZEBU — Vale a pena dar ciência
e anotar isto bem,
por ser fato verdadeiro:
Que Ninguém tem consciência,
e Todo Mundo, dinheiro.

NINGUÉM — E que mais procuras, hem?

TODO MUNDO — Procuro poder e glória.

NINGUÉM — Eu cá não vou nessa história.
Só quero virtude... Amém.

BELZEBU	O *papai* não se ilude e traça: Livro Segundo. Busca o poder Todo Mundo e Ninguém busca virtude.
NINGUÉM	Que desejas mais, sabido?
TODO MUNDO	Minha ação elogiada em todo e qualquer sentido.
NINGUÉM	Prefiro ser repreendido quando der uma *mancada*.
BELZEBU	Aqui deixo por escrito o que querem, lado a lado: Todo Mundo ser louvado e Ninguém levar um pito.
NINGUÉM	E que mais, amigo meu?
TODO MUNDO	Mais a vida. A vida, olé!
NINGUÉM	A vida? Não sei o que é. A morte, conheço eu.
BELZEBU	Esta agora é muito forte e guardo para ser lida: Todo Mundo busca a vida e Ninguém conhece a morte.
TODO MUNDO	Também quero o Paraíso, mas sem ter que me chatear.

NINGUÉM	E eu, suando pra pagar minhas faltas de juízo!
BELZEBU	Para que sirva de aviso, mais uma *transa* se escreve: Todo Mundo quer Paraíso e Ninguém paga o que deve.
TODO MUNDO	Eu sou *vidrado* em tapear, e mentir nasceu comigo.
NINGUÉM	A verdade eu sempre digo sem nunca chantagear.
BELZEBU	Boto anúncio na cidade, deste troço curioso: Todo Mundo é mentiroso e Ninguém fala verdade.
NINGUÉM	Que mais, *bicho*?
TODO MUNDO	Bajular.
NINGUÉM	Eu cá não jogo confete.
BELZEBU	Três mais quatro igual a sete. O programa sai do ar. Lero lero lero lero, curro paco paco paco. Todo Mundo é *puxa-saco* e Ninguém quer ser sincero!

MICROLIRA

INFATIGÁVEL

O progresso não recua.
Já transformou esta rua
em buraco.

E o progresso continua.
Vai abrir neste buraco
outra rua.

Afinal, da nova rua,
o progresso vai compor
outro buraco.

INDAGAÇÃO

Na morta biosfera,
o fantasma do pássaro
inquiriu
ao fantasma da árvore
(que não lhe respondeu):
— A Primavera *já era*
ou ainda não nasceu?

SUSSURRO

Se não erro
ao decifrar a voz dos vegetais,

eis que suspira a muda de pau-ferro
no silêncio do ser:
— Eu sei que fui plantada
com música, discurso e tudo mais,
para a alguém, no futuro, oferecer
sem discurso e sem música o prazer
da derrubada.

RECOMENDAÇÃO

Neste botânico setembro,
que pelo menos você plante
com eufórica
emoção ecológica
num pote de plástico
uma flor de retórica.

O COMÉRCIO DA PRIVACIDADE

Mas esta é a velha Garbo, seminua
assim na praia, lamentavelmente?
Não. O retrato, em que a maldade estua,
é da alma do fotógrafo, somente.

A GRANDE MANCHETE

Aproxima-se a hora da manchete:
O PETRÓLEO ACABOU.
Acabaram as alucinações
os crimes, os romances
as guerras do petróleo.
O mundo fica livre
do pesadelo institucionalizado.

Atirados ao lixo
motores de combustão interna
e lataria colorida,
o Museu da Sucata exibe
o derradeiro carro carrasco.
Tem etiqueta de remorso:
"Cansei a humanidade".

Ruas voltam a existir
para o homem
e as alegrias de estar-junto.
A poluição perdeu
seu aliado fidelíssimo.
A pressa acabou.

Acabou, pessoal! o congestionamento,
o palavrão,
a neurose coletiva.
A morte violenta entre ferragens
com seu véu de óleo

e chamas
acabou.

Milhões de árvores meninas irrompem do asfalto
e da consciência
em carnaval de sol.
Dão sombra grátis
ao *papo* dos amigos,
à doçura do ócio no intervalo
do batente,
do amor antes aprisionado sob o capô
ou esmigalhado pelas rodas,
à vida de mil formas naturais.
Pessoas, animais,
confraternizam: Milagre!

Dura 5 (?) minutos a festa
da natureza com a cidade.
Irrompem
formas eletrônicas implacáveis,
engenhos teleguiados catapúlticos
de máximo poder ofensivo
e reconquistam o espaço
em que a vida bailava.

Recomeça o problema de viver
na cidade-problema?

De que valeu cantar
o fim da gasolina de alta octanagem?

Enquanto não vem a formidável manchete
vamos curtindo
outras manchetinhas a varejo.
Vamos curtindo
a visão do caos e do extermínio
na rua, na foto,
no sono atormentado:
Mais 400 carros por dia nas pistas
que encolhem, encolhem, são apenas
enfumaçada fita de rangidos.
Mais loucura, mais palavrão e mais desastre.

E lemos Ralph Nader:
a cada 10 minutos
morre uma pessoa em acidente
de carro; a cada 15 segundos
sai alguém ferido
na pátria industrial dos automóveis.
Vamos imitá-la?
Vamos vencê-la em desafio
de quem mata mais e morre mais?
Ou vamos ficar apenas
engarrafados sem garrafa
no ar poluído e constelado
de placas, de sinais
que assinalam o grande entupimento?

Perguntas estas são mensagem
também ela espremida na garrafa
que bóia no alto-mar de ondas surdas
e cegas
à espera do futuro que as responda.

MÚSICA DE FUNDO

A PALAVRA MÁGICA

Certa palavra dorme na sombra
de um livro raro.
Como desencantá-la?
É a senha da vida
a senha do mundo.
Vou procurá-la.

Vou procurá-la a vida inteira
no mundo todo.
Se tarda o encontro, se não a encontro,
não desanimo,
procuro sempre.

Procuro sempre, e minha procura
ficará sendo
minha palavra.

O CONSTANTE DIÁLOGO

Há tantos diálogos

Diálogo com o ser amado
o semelhante
o diferente
o indiferente
o oposto
o adversário
o surdo-mudo
o possesso
o irracional
o vegetal
o mineral
o inominado
Diálogo consigo mesmo
com a noite
os astros
os mortos
as idéias
o sonho
o passado
o mais que futuro

Escolhe teu diálogo
e
tua melhor palavra
ou

teu melhor silêncio
Mesmo no silêncio e com o silêncio
dialogamos.

SOM

Nem soneto nem sonata
vou curtir um som
dissonante dos sonidos
som
ressonante de sibildos
som
sonotinto de sonalhas
nem sonoro nem sonouro
vou curtir um som
mui sonso, mui insolúvel
som não sonoterápico
bem insondável, som
de raspante derrapante
rouco reco ronco rato
som superenrolado
como se sona hoje-em-noite
vou *curtir*, vou *curtir* um som
ausente de qualquer música
e rico de curtição.

A CASA DO JORNAL, ANTIGA E NOVA

Rotativa
do acontecimento.
Vida fluindo
pelos cilindros,
rolando
em cada bobina,
rodando
em cada notícia.
No branco da página
explode.
Todo jornal
é explosão.

Café matinal
de fatos
almoço do mundo
jantar do caos:
radiofoto.

Reestruturaram-se os cacos
do cosmo
em diagramação
geométrica.

A cada méson
de microvida
contido
na instantaneidade do segundo,

a vibração eletrônica
da palavra-imagem
compõe
                decompõe
                                recompõe
o espelho de viver
para servir
na bandeja de signos
a universalidade
do dia.

A casa da notícia
com degraus de mármore
e elevador *belle époque*
alçada em torre
e sirena
chama os homens
a compartir
o novo
placar nervoso
dos telegramas.
Olha a guerra,
olha o reide,
olha o craque da Bolsa,
olha o crime, olha a *miss*
o trespasse do Papa,
o novo cisne plúmbeo
do Campo de Santana.

Fato e repórter
unidos

re-unidos
num só corpo de pressa
transformam-se em papel
no edifício-máquina
da maior avenida,
devolvendo ao tempo
o testemunho do tempo.

Na superfície impressa
ficam as pegadas
da marcha contínua:
letra recortada
pela fina lâmina
do *copydesk*;
foto falante
de incrível fotógrafo
(onde colocado:
na nuvem? na mente
do Presidente?);
libertário humor
da caricatura
de Raul e Luís
a — 50 anos depois —
Lan e Ziraldo
Paiol de informação
repleto, a render-se
dia e noite
à fome sem paz
dos linotipos,
casa entre terremotos
óperas, campeonatos

revoluções
plantão de farmácias
dividendos, hidrelétricas
pequeninos classificados
de carências urgentes,
casa de paredes de acontecer
chão de pesquisa
teto de detetar
pátria do telex infatigável
casa que não dorme
ouvido afiado atento
ao murmulho mínimo
do que vai, do que pode
quem sabe? acontecer.

Um dia
a casa ganha nova dimensão
nova face
sentimento novo
diversa de si mesma
e continuante
pousa no futuro
navio
locomotiva
jato
sobre as águas, os caminhos
os projetos
brasileiros
usina central de notícias
cravada na estrela dos rumos
N S L O

em cobertura total
da vida total:
conhecimento
comunicação.
Todo jornal
há de ser explosão
de amor feito lucidez
a serviço pacífico
do ser.

E ACONTECEU A PRIMAVERA

I

Que alguém te cante e te descante,
ficou urgente, Primavera,
para que ao menos em cantiga,
neste papel aberto às gentes,
a flor antiga se restaure.

Te cantarei em Pernambuco,
onde és cidade, e no Pará,
onde mulheres plantam malva
sob o título municipal,
e em Rondônia cantarei
a corredeira Primavera,
pois nesses nomes de lugares
e num acidente geográfico
tu pousaste como um pássaro,
modesto pássaro cinzento
de asas pretas e cauda preta,
só a lembrar, no papo branco,
extintas primaveridades.

Primavera que tanto habitas
a bráctea rósea da buganvília
(em que jardins à vista ocultos
sob a fumaça que é nosso azul
residual?)
como habitavas, parnasiana,

o soneto crônico e clássico
dos poetas consumidores
de velhos tópicos europeus,
é forçoso que alguém celebre
o ímpeto juvenil da Terra
mesmo poluída, desossada,
Terra assim mesmo, seiva nossa.

E te ofereço, Primavera,
a arvorezinha de brinquedo
em pátio escolar plantada
enquanto lá fora se ensina
como derrubar, como queimar,
como secar fontes de vida
para erigir a nova ordem
do Homem Artificial.

Ah, Primavera, me desculpa
se corto em meio uma floresta
latifoliada, pois tenho pressa
de correr na estrada de Santos.
Não te zangues se já não vês
em teu perene séquito lírico
aquele sininho-flor, descoberto
em longes tempos por George Gardner
e que soava só no Brasil:
foi preciso (teria sido?)
matar o verde, substituí-lo
pela neutra cor uniforme
que é uniforme do Progresso.

Primavera, *primula veris,*
em palavra quedas intacta,
em palavra pois te deponho
a minha culpa coletiva,
o meu citadino remorso
minha saudade de água, bicho,
terra encharcada de promessas,
e visões e asas e vozes
primitivas e eternas, como
eterno (e amoroso) é o homem
ligado ao quadro natural.

Primavera, fiz um discurso?
Primavera, tu me perdoas?...

II

— 22 de setembro, mina minha.
Vamos curtir a primavera
em *compact cassete tape*, meu morango?
Bota aí o Botticelli
estereoutransfigurado em Debussy
e vê (primeiro fecha os olhos) Simonetta
Vespucci toda flor
florentil florindamente
(bulcão?) entre corolas e resinas
da flora da Tijuca...

— Não. Prefiro o *Sacré du Printemps*
que *transa* a primavera mais primeva.

Assim, no sala-e-escuro
dos sala-e-quarto conjugados
os dois ficamos *respeitando*
um princípio de seiva e de nenúfar
enquanto a chuva — plic — tamborina
seu samba de uma nota só
na área de serviço.

É primavera, broto-brinco:
saiu no jornal,
a TV anunciou,
o Governo consentiu,
o Congresso aplaudiu
o comércio vendeu
arranjos de ikebana
e em algum lugar florescem três-marias
que são muitas marias, muitos nomes.

Vamos também *curtir* os nomes
(são presentes do povo à gente-bem):
riso-do-prado
(cadê o prado?),
amor-de-estudante
(pobre! no cursinho
que vira cursão
e invade o Brasil),
unha-de-gato
(envenenado
no Passeio Público?),
sempre-viçosa...
isto! A esperança

pousa na balança
o seu peso-pluma.

— Você tá esquecido
da maria-branca,
da pombinha-das-almas
e da noivinha...
Asas-pseudônimos
de primavera.

(Ah, vero *barato*
esse de brincar
de estação das flores
de concreto-objeto!)

— Oi, depressa, vamos
semear canteiros,
preparar estacas
e mergulhões,
plantar tubérculos
de cromo-gladíolos,
túberas de dálias
e tinhorões,
repicar sementeiras,
controlar lagartas,
ácaros e trips,
dizimar pulgões.

(Ui, primavera *é fogo*
se levada a sério!)
— Vamos pintar de verde

as áreas crestadas,
pôr na parede
a árvore genealógica,
comprar um sabiá
mecânico,
sortear
o beija-flor de beijar cimento?

É primavera, escuta o Burle Marx:
diz que havia jardins
em torno das casas,
havia matas
a cavaleiro das cidades,
florestas
onde o jacarandá e o mogno conversavam
a conversa de séculos.
(Fecharam o bico,
chegado o eucalipto.)

Broto gentil, a primavera
será um sonho de sonhar-se
na fumaça
no grito
no sem azul deserto
das cidades mortas que se julgam vivas?

RETROLÂMPAGO DE AMOR VISUAL

Namoradas mortas
tenho mais de cem:
Barbara La Marr
e Louise Fazenda,
tenho Theda Bara
e Olive Borden,
Bessie Barriscale
e Virginia Valli.
Tenho Marion Davies,
tenho Clara Bow,
tenho Alice Calhoun,
tenho Betty Compson,
tenho Nancy Carroll,
e Norma Talmadge
e Anita Stewart,
e Mildred Harris
e Lya de Putti
que se suicidou,
como Lupe Velez.
Tenho Nazimova,
Mae Murray, Mae Marsch
e ainda Mae Busch
e Edna Purviance,
Ruth Roland, Ruth
Chatterton, Julia Faye,
tenho Ethel Clayton,
tenho Kathlyn Williams,
tenho Gladys Brockwell

morta num desastre.
Eis Anna May Wong
com Alice Joyce
e Constance Bennett.
Tenho Agnes Ayres
e Elissa Landi,
tenho Mary Bryan
e Dorothy Gish
e Alice Brady
e Renée Adorée.
Guardo bem o nome
de Marie Prévost
e de Phyllis Haver,
o de Mabel Normand,
o de Fanny Ward,
o de Helen Costello,
o de Pearl White.
E de Alma Rubens
nunca mais me esqueço.
Lembro Nita Naldi,
Pauline Frederick,
Geraldine Farrar,
Clara Kimball Young,
lembro Elsie Ferguson
distantes, distantes.
E lembro Ann Sheridan
e Kay Francis lembro
e Carole Lombard
morta no avião
como Linda Darnell
morta no incêndio.

Tenho namoradas
que outros não namoram,
como Zasu Pitts,
Maria Ouspenskaya
e Marie Dressler.
Namoradas mortas?
Tenho mais de mil.
E das sem notícias
tenho outras tantas.
Onde se esconderam
Aileen Pringle, Viola
Dana, Louise Brooks?
Não sei onde foram
nem Pauline Starke
nem Blanche Sweet
nem Madge Bellamy
nem Gloria Stuart.
Ainda sinto falta
de Corinne Griffith,
de Louise Glaum
e de Anita Page,
de Olga Petrova
e de Mary Philbin,
de Virginia Pearson,
e Mary Miles Minter,
de Claudette Colbert
e Karen Morley,
de Irene Castle
e de Billie Dove.
Que é de Irene Rich,
onde vai Kay Johnson?

Ah, Dorothy Dalton
e Leatrice Joy!
May Mac Avoy
e Dorothy Mackaill,
Eleonor Boardman
e Alice Terry,
Margaret Livingstone
e Claire Windsor,
a todas recordo
e sumiram todas.
Sumiu Lila Lee,
sumiu Lois Wilson.
Florence Vidor
nunca mais voltou.
Sumiu Colleen Moore.
Nunca mais voltou
Madlaine Traverse.
Nunca mais voltaram
Madeleine Carrol
e Bebé Daniels
e Evelyn Brent.
Quem dará notícia
de Carmel Myers?
De June Caprice
e de Estelle Taylor?
de Betty Blytte,
de Priscilla Dean?
Onde, Shirley Mason?
Ann Dvorak, onde?
Onde Pola Negri
e Laura La Plante?

Quem viu Esther Ralston,
Arlette Marchal,
também Vilma Banky?
Ai, namoradas
desaparecidas
tenho não sei quantas.
Obrigado, Alex
Viany, escusa
de contar-me certo
o fim que levaram.
Melhor não saber,
ou fazer que não.
Em frente da tela
branca para os outros,
para mim repleta
de signos e signos
tão indestrutíveis
que nem meu cansaço
de velho olhador
logra dissipá-los,
sem timbre nostálgico,
atual e sempre,
mantenho a leitura
deste sentimento
de amor visual.

EXORCISMO

Das relações entre topos e macrotopos
Do elemento suprassegmental
Libera nos, Domine

Da semia
Do sema, do semema, do semantema
Do lexema
Do classema, do mema, do sentema
Libera nos, Domine

Da estruturação semêmica
Do idioleto e da pancronia científica
Da reliabilidade dos testes psicolingüísticos
Da análise computacional da estruturação silábica dos falares re-
[gionais
Libera nos, Domine

Do vocóide
Do vocóide nasal puro ou sem fechamento consonantal
Do vocóide baixo e do semivocóide homorgâmico
Libera nos, Domine

Da leitura sintagmática
Da leitura paradigmática do enunciado
Da linguagem fática
Da fatividade e da não fatividade na oração principal
Libera nos, Domine

Da organização categorial da língua
Da principalidade da língua no conjunto dos sistemas semioló-
[gicos
Da concretez das unidades no estatuto que dialetaliza a língua
Da ortolinguagem
Libera nos, Domine

Do programa epistemológico da obra
Do corte epistemológico e do corte dialógico
Do substrato acústico do culminador
Dos sistemas genitivamente afins
Libera nos, Domine

Da camada imagética
Do espaço heterotópico
Do glide vocálico
Libera nos, Domine

Da lingüística frástica e transfrástica
Do signo cinésico, do signo icônico e do signo gestual
Da clitização pronominal obrigatória
Da glossemática
Libera nos, Domine

Da estrutura exo-semântica da linguagem musical
Da totalidade sincrética do emissor
Da lingüística gerativo-transformacional
Do movimento transformacionalista
Libera nos, Domine

Das aparições de Chomsky, de Mehler, de Perchonock
De Saussure, Cassirer, Troubetzkoy, Althusser
De Zolkiewsky, Jakobson, Barthes, Derrida, Todorov
De Greimas, Fodor, Chao, Lacan *et caterva*
Libera nos, Domine

A ROSA É UM JARDIM

A rosa é um jardim
concentrado
um clarim
de cor, anunciando
a alvorada fogosa
e o tempo iluminado.

RECEITA DE ANO NOVO

Para você ganhar belíssimo Ano Novo
cor de arco-íris, ou da cor da sua paz,
Ano Novo sem comparação com todo o tempo já vivido
(mal vivido talvez ou sem sentido)
para você ganhar um ano
não apenas pintado de novo, remendado às carreiras,
mas novo nas sementinhas do vir-a-ser,
novo
até no coração das coisas menos percebidas
(a começar pelo seu interior)
novo espontâneo, que de tão perfeito nem se nota,
mas com ele se come, se passeia,
se ama, se compreende, se trabalha,
você não precisa beber champanha ou qualquer outra birita,
não precisa expedir nem receber mensagens
(planta recebe mensagens?
passa telegrama?).
Não precisa
fazer lista de boas intenções
para arquivá-las na gaveta.
Não precisa chorar de arrependido
pelas besteiras consumadas
nem parvamente acreditar
que por decreto da esperança
a partir de janeiro as coisas mudem
e seja tudo claridade, recompensa,
justiça entre os homens e as nações,
liberdade com cheiro e gosto de pão matinal,

direitos respeitados, começando
pelo direito augusto de viver.
Para ganhar um ano-novo
que mereça este nome,
você, meu caro, tem de merecê-lo,
tem de fazê-lo novo, eu sei que não é fácil,
mas tente, experimente, consciente.
É dentro de você que o Ano Novo
cochila e espera desde sempre.

CEIA EM CASA DE SIMÃO (EVANGELHO DE LUCAS, VII, 36-50)

I

Ai que jantares monótonos,
em casa de fariseus!
São tudo regras e ritos...
Mas louvado seja Deus.

Simão recebia Cristo,
medindo cada palavra.
Era uma ceia? Um ardil?
Jesus comia e calava.

A porta abriu-se. Que forma
perturbadora vem lá?
Em casa tão pura, a impura
mulher que a todos se dá.

Se Cafarnaú inteira
lhe censura a vida obscena,
de quem partira o convite
a Maria Madalena?

Maria, porém, não veio
sentar-se à mesa. Hesitante,
feito cachorro batido,
erra na sala um instante.

E divisando de Cristo
o magro vulto sentado,
a seus pés se joga, súbito,
no pranto mais desatado.

E o pranto, molhando as plantas
de Cristo, não se exauria.
Era um fogo, eram um tormento
que nele se dissolvia.

O pé esquerdo e o direito
já se lavam nesse orvalho,
enquanto a mulher semelha
pomba pedindo agasalho.

Agora os beija. E ao beijá-los,
neles vai depositando,
por força de suas lágrimas,
um peso que se faz brando.

Eis que Madalena enxuga,
entre piedosos desvelos,
os pés de Cristo nas tranças
de seus noturnos cabelos.

Bálsamo tira de um vaso,
para lentamente ungi-los.
Só quando o aroma se espalha,
seus membros quedam tranqüilos.

II

Mas Simão pensa consigo:
"Se o Profeta vive ciente
do que dorme no futuro,
por que não sabe o presente?

Não percebe, não vislumbra,
sob a face enganadora
de quem o toca, de rastros,
uma extrema pecadora?"

Então, sentindo-lhe nalma
essa equívoca pergunta,
diz-lhe Cristo, com doçura
a que firmeza se junta:

"Simão, escuta. Um homem
tinha dois devedores.
Um devia quinhentos, outro apenas
cinqüenta dinheiros. Entretanto
nenhum dos dois podia resgatar
sua dívida.

O credor lhes perdoa, a um e outro.
Responde:
qual dos dois devedores lhe dará
mais amor?"
"Mestre, penso eu, aquele
a quem mais foi perdoado."

"Disseste bem. Pois vês esta mulher?
Eu vim à tua casa e não me deste
um pouco d'água para lavar os pés.
Ela, porém, com seu choro os banhou,
com sua cabeleira os enxugou.
Simão, não me beijaste. Ela, ao contrário,
desde o primeiro instante até agora,
cobre-me os pés de beijos repetidos.
Com que perfume ungiste meus cabelos?
Ela derrama bálsamo a meus pés.
E por isso te digo: seus pecados,
pelo seu muito amor, sejam perdoados.
Mas aquele a quem menos se perdoa,
menos amor, em troca, esse nos doa.
Estás limpa, Maria, de pecado."

III

Pasmo, susto, irreprimida
surpresa nos convidados:
Quem é o homem estranho
que até perdoa pecados?

E enquanto entre si, confusos,
doidamente discutiam,
do corpo de Madalena
sete demônios fugiam,

como fumaças no campo,
ao sol moreno de agosto,

e na boca arrependida
ficava um divino gosto.

"Tua fé te salvou, Maria. Vai em paz."

IV

Esses jantares monótonos,
em casa de fariseus!
A festa acabou. Cansaço.
Mas uma ceia mais bela,
de criatura e de criador,
se desenrola no espaço,
pela graça e amor de Deus.

OS NAMORADOS DO BRASIL

Dai-me, Senhor, assistência técnica
para eu falar aos namorados do Brasil.
Será que namorado escuta alguém?
Adianta falar a namorados?
E será que tenho coisas a dizer-lhes
que eles não saibam, eles que transformam
a sabedoria universal em divino esquecimento?
Adianta-lhes, Senhor, saber alguma coisa,
quando perdem os olhos
para toda paisagem,
perdem os ouvidos
para toda melodia
e só vêem, só escutam
melodia e paisagem de sua própria fabricação?

Cegos, surdos, mudos — felizes! — são os namorados
enquanto namorados. Antes, depois
são gente como a gente, no pedestre dia-a-dia.
Mas quem foi namorado sabe que outra vez
voltará à sublime invalidez
que é signo de perfeição interior.
Namorado é o ser fora do tempo,
fora de obrigação e CPF,
ISS, IFP, PASEP, INPS.

Os códigos, desarmados, retrocedem
de sua porta, as multas envergonham-se
de alvejá-lo, as guerras, os tratados

internacionais encolhem o rabo
diante dele, em volta dele. O tempo,
afiando sem pausa a sua foice,
espera que o namorado desnamore
para sempre.
Mas nascem todo dia namorados
novos, renovados, inovantes,
e ninguém ganha ou perde esta batalha.

Pois namorar é destino dos homens,
destino que regula
nossa dor, nossa doação, nosso inferno gozoso.
E quem vive, atenção:
cumpra sua obrigação de namorar,
sob pena de viver apenas na aparência.
De ser o seu cadáver itinerante.
De não ser. De estar, ou nem estar.

O problema, Senhor, é como aprender, como exercer
a arte de namorar, que audiovisual nenhum ensina,
e vai além de toda universidade.
Quem aprendeu não ensina. Quem ensina não sabe.
E o namorado só aprende, sem sentir que aprendeu,
por obra e graça de sua namorada.

A mulher antes e depois da Bíblia
é pois enciclopédia natural
ciência infusa, inconsciente, infensa a testes,
fulgurante no simples manifestar-se, chegado o momento.
Há que aprender com as mulheres
as finezas finíssimas do namoro.

O homem nasce ignorante, vive ignorante, às vezes morre
três vezes ignorante de seu coração
e da maneira de usá-lo.

Só a mulher (como explicar?)
entende certas coisas
que não são para entender. São para aspirar
como essência, ou nem assim. Elas aspiram
o segredo do mundo.

Há homens que se cansam depressa de namorar,
outros que são infiéis à namorada.
Pobre de quem não aprendeu direito,
ai de quem nunca estará maduro para aprender,
triste de quem não merecia, não merece namorar.

Pois namorar não é só juntar duas atrações
no velho estilo ou no moderno estilo,
com arrepios, murmúrios, silêncios,
caminhadas, jantares, gravações,
fins-de-semana, o carro à toda ou a 80,
lancha, piscina, dia-dos-namorados,
foto colorida, filme adoidado,
rápido motel onde os espelhos
não guardam beijo e alma de ninguém.

Namorar é o sentido absoluto
que se esconde no gesto muito simples,
não intencional, nunca previsto,
e dá ao gesto a cor do amanhecer,
para ficar durando, perdurando,

som de cristal na concha
ou no infinito.

Namorar é além do beijo e da sintaxe,
não depende de estado ou condição.
Ser duplicado, ser complexo,
que em si mesmo se mira e se desdobra,
o namorado, a namorada
não são aquelas mesmas criaturas
que cruzamos na rua.
São outras, são estrelas remotíssimas,
fora de qualquer sistema ou situação.

A limitação terrestre, que os persegue,
tenta cobrar (inveja)
o terrível imposto de passagem:
"Depressa! Corre! Vai acabar! Vai fenecer!
Vai corromper-se tudo em flor esmigalhada
na sola dos sapatos..."
Ou senão:
"Desiste! Foge! Esquece! Esquece!"
E os fracos esquecem. Os tímidos desistem.
Fogem os covardes.
Que importa? A cada hora nascem
outros namorados para a novidade
da antiga experiência.
E inauguram cada manhã
(namoramor)
o velho, velho mundo renovado.

A MÚSICA DA TERRA

A dor habita em nós, o cravo a ignora.
A vida, uma gavota? Pura dança
o amor? No minueto de Lully
cabe a dificuldade de existir?

Quinta-essência do angélico, no caos,
paira a graça de Mozart sobre o abismo,
sem devassá-lo — pássaro de nuvem.
O tempo é outro metal, a comburir-nos.

Urge romper o gosto, a norma límpida,
e sangrentas estilhas do momento
passar à forma nobre da sonata.
Urge extrair do piano o som dramático.

E suscitar o diálogo patético
entre piano e violino, qual se escuta,
na penumbra da alma, a duas vozes,
um rumor de paixão se entretecendo.

Eis que a música deixa de ser pura.
Os serafins e os elfos se despedem.
A terra é lar dos homens, não dos mitos.
Há que desmascarar nosso destino.

Em tatear incessante, no conflito
corpo a corpo entre o ser e a contingência,

nova música, ungida de tristeza
mas radiante de força, vem ao mundo.

Luta o homem na área desolada
de sua solidão; luta no palco
fremente de contrastes, percebendo
que pouco a pouco cerram-se os espaços

da percepção, e tudo se limita
à captação interna, de sinais
silentes, impalpáveis, invisíveis,
nunca porém tão vivos se captados.

À proporção que a dor aumenta, e em volta
nega-lhes o amor seus bálsamos terrestres,
ganha requinte a fábrica sonora
de eternizar a vida breve em arte.

Es muss sein! É preciso! Na amargura,
na derrota do corpo, sublimada,
a canção do heroísmo e a da alegria
resgatam nossa mísera passagem.

E entreabre a sinfonia suas palmas
imensas, a conter todo o rebanho
de perplexos irmãos, de angustiados
prospectores de rumo e de sentido

para a sorte geral. O homem revela-se
na torrente melódica, suplanta

seu escuro nascer, sua insegura
visão do além, turva de morte e medo.

Ó Beethoven, tu nos mostraste o alvorecer.

DRUMMOND
VIDA E OBRA

CRONOLOGIA

1902 Nasce em Itabira do Mato Dentro, estado de Minas Gerais, em 31 de outubro, nono filho de Carlos de Paula Andrade, fazendeiro, e D. Julieta Augusta Drummond de Andrade.

1910 Inicia o curso primário no Grupo Escolar Dr. Carvalho Brito, em Belo Horizonte, onde conhece Gustavo Capanema e Afonso Arinos de Melo Franco.

1916 Aluno interno no Colégio Arnaldo da Congregação do Verbo Divino, Belo Horizonte.

1917 Toma aulas particulares com o professor Emílio Magalhães, em Itabira.

1918 Aluno interno no Colégio Anchieta da Companhia de Jesus, em Nova Friburgo; é laureado em "certames literários".

Seu irmão Altivo publica, no único exemplar do jornalzinho *Maio*, seu poema em prosa "Onda".

1919 Expulso do Colégio Anchieta por "insubordinação mental".

1920 Muda-se com a família para Belo Horizonte.

1921 Publica seus primeiros trabalhos na seção "Sociais" do *Diário de Minas*.

Conhece Milton Campos, Abgar Renault, Emílio Moura, Alberto Campos, Mário Casassanta, João Alphonsus, Batista Santiago, Aníbal Machado, Pedro Nava, Gabriel Passos, Heitor de Sousa e João Pinheiro Filho, todos freqüentadores do Café Estrela e da Livraria Alves.

1922 Ganha 50 mil-réis de prêmio pelo conto "Joaquim do Telhado", no concurso Novela Mineira.

Publica trabalhos nas revistas *Todos* e *Ilustração Brasileira*.

1923 Entra para a Escola de Odontologia e Farmácia de Belo Horizonte.

1924 Inicia a correspondência com Manuel Bandeira, manifestando-lhe sua admiração.

Conhece Blaise Cendrars, Oswald de Andrade, Tarsila do Amaral e Mário de Andrade, no Grande Hotel de Belo Horizonte. Pouco tempo depois inicia a correspondência com Mário de Andrade, que durará até poucos dias antes da morte de Mário.

1925 Casa-se com a senhorita Dolores Dutra de Morais, a primeira ou segunda mulher a trabalhar num emprego (como contadora numa fábrica de sapatos) em Belo Horizonte, segundo o próprio Drummond.

Funda, junto com Emílio Moura e Gregoriano Canedo, *A Revista*, órgão modernista do qual saem três números.

Conclui o curso de Farmácia, mas não chega a exercer a profissão, alegando querer "preservar a saúde dos outros".

1926 Leciona Geografia e Português no Ginásio Sul-Americano de Itabira.

Volta para Belo Horizonte, por iniciativa de Alberto Campos, para trabalhar como redator-chefe do *Diário de Minas*.

Heitor Villa-Lobos, sem conhecê-lo, compõe uma seresta sobre o poema "Cantiga de viúvo".

1927 Nasce, no dia 22 de março, seu filho Carlos Flávio, que morre meia hora depois, devido a complicações respiratórias.

1928 Nasce, no dia 4 de março, sua filha Maria Julieta, que se tornará sua grande companheira e confidente ao longo da vida.

Publica na *Revista de Antropofagia* de São Paulo o poema "No meio do caminho", que se torna um dos maiores escândalos literários do Brasil.

Torna-se auxiliar de redação da *Revista do Ensino*, da Secretaria de Educação.

1929 Deixa o *Diário de Minas* para trabalhar no *Minas Gerais*, órgão oficial do estado, como auxiliar de redação e pouco depois como redator, sob a direção de Abílio Machado.

1930 Publica seu primeiro livro, *Alguma poesia*, em edição de 500 exemplares paga pelo autor, sob o selo imaginário Edições Pindorama, criado por Eduardo Frieiro.

Auxiliar de gabinete do secretário de Interior, Cristiano Machado, passa a oficial de gabinete quando seu amigo Gustavo Capanema substitui Machado.

1931 Morre, aos 70 anos, seu pai, Carlos de Paula Andrade.

1933 Redator de *A Tribuna*.

Acompanha Gustavo Capanema quando este é nomeado interventor federal em Minas Gerais.

1934 Trabalha como redator nos jornais *Minas Gerais*, *Estado de Minas* e *Diário da Tarde*, simultaneamente.

Publica *Brejo das Almas*, em edição de 200 exemplares, pela cooperativa Os Amigos do Livro.

Muda-se com D. Dolores e Maria Julieta para o Rio de Janeiro, onde passa a trabalhar como chefe de gabinete de Gustavo Capanema, novo ministro da Educação e Saúde Pública.

1935 Responde pelo expediente da Diretoria-Geral e é membro da Comissão de Eficiência do Ministério da Educação.

1937 Colabora na *Revista Acadêmica*, de Murilo Miranda.

1940 Publica *Sentimento do mundo*, em tiragem de 150 exemplares, distribuídos entre os amigos.

1941 Assina, sob o pseudônimo O Observador Literário, a seção "Conversa literária" da revista *Euclides*.

Colabora no suplemento literário de *A Manhã*, dirigido por Múcio Leão e mais tarde por Jorge Lacerda.

1942 A Livraria José Olympio Editora publica *Poesias*. José Olympio é o primeiro editor a publicar a obra do poeta.

1943 Traduz e publica a obra *Thérèse Desqueyroux*, de François Mauriac, sob o título de *Uma gota de veneno*.

1944 Publica *Confissões de Minas*, por iniciativa de Álvaro Lins.

1945 Publica *A rosa do povo*, pela José Olympio, e a novela *O gerente*, pela Edições Horizonte.

Colabora no suplemento literário do *Correio da Manhã* e na *Folha Carioca*.

Deixa a chefia de gabinete de Capanema, sem nenhum atrito com este, e, a convite de Luís Carlos Prestes, figura como co-editor do diário comunista *Tribuna Popular*, junto com Pedro Mota Lima, Álvaro

Moreyra, Aydano do Couto Ferraz e Dalcídio Jurandir. Meses depois se afasta do jornal, por discordar da sua orientação.

É chamado por Rodrigo M. F. de Andrade para trabalhar na Diretoria do Patrimônio Histórico e Artístico Nacional, onde mais tarde se tornará chefe da Seção de História, na Divisão de Estudos e Tombamento.

1946 Recebe o Prêmio pelo Conjunto da Obra, da Sociedade Felipe d'Oliveira.

Aos 17 anos de idade, sua filha Maria Julieta publica a novela *A busca*, pela José Olympio.

1947 É publicada sua tradução de *Les Liaisons dangereuses*, de Choderlos de Laclos, sob o título de *As relações perigosas*.

1948 Publica *Poesia até agora*.

Colabora em *Política e Letras*, de Odylo Costa, filho.

Morre sua mãe, Julieta Augusta Drummond de Andrade. Comparece ao enterro em Itabira, que acontece ao mesmo tempo em que é executada, no Teatro Municipal do Rio de Janeiro, a obra *Poema de Itabira*, de Heitor Villa-Lobos, composta sobre seu poema "Viagem na família".

1949 Volta a escrever no jornal *Minas Gerais*.

Sua filha Maria Julieta casa-se com o escritor e advogado argentino Manuel Graña Etcheverry e passa a residir em Buenos Aires, onde desempenhará, ao longo de 34 anos, um importante trabalho de divulgação da cultura brasileira.

1950 Viaja a Buenos Aires para o nascimento de seu primeiro neto, Carlos Manuel.

1951 Publica *Claro enigma*, *Contos de aprendiz* e *A mesa*.

É publicado em Madri o livro *Poemas*.

1952 Publica *Passeios na ilha* e *Viola de bolso*.

1953 Exonera-se do cargo de redator do *Minas Gerais*, ao ser estabilizada sua situação de funcionário da DPHAN.

Vai a Buenos Aires para o nascimento de seu neto Luis Mauricio, a quem dedica o poema "A Luis Mauricio, infante".

É publicado em Buenos Aires o livro *Dos poemas*, com tradução de Manuel Graña Etcheverry, genro do poeta.

1954 Publica *Fazendeiro do ar & Poesia até agora.*

Aparece sua tradução de *Les Paysans*, de Balzac.

Realiza na Rádio Ministério da Educação, em diálogo com Lya Cavalcanti, a série de palestras "Quase memórias".

Inicia no *Correio da Manhã* a série de crônicas "Imagens", mantida até 1969.

1955 Publica *Viola de bolso novamente encordoada.*

1956 Publica *50 poemas escolhidos pelo autor.*

Aparece sua tradução de *Albertine disparue*, de Marcel Proust.

1957 Publica *Fala, amendoeira* e *Ciclo.*

1958 Publica-se em Buenos Aires uma seleção de seus poemas na coleção Poetas del Siglo Veinte.

É encenada e publicada a sua tradução de *Doña Rosita la soltera*, de Federico García Lorca, pela qual recebe o Prêmio Padre Ventura, do Círculo Independente de Críticos Teatrais.

1960 Nasce em Buenos Aires seu terceiro neto, Pedro Augusto.

A Biblioteca Nacional publica a sua tradução de *Oiseaux-mouches ornithorynques du Brésil*, de Descourtilz.

Colabora em *Mundo Ilustrado.*

1961 Colabora no programa *Quadrante*, da Rádio Ministério da Educação, instituído por Murilo Miranda.

Morre seu irmão Altivo.

1962 Publica *Lição de coisas*, *Antologia poética* e *A bolsa e a vida.*

É demolida a casa da Rua Joaquim Nabuco, 81, onde viveu 21 anos. Passa a residir em apartamento.

São publicadas suas traduções de *L'Oiseau bleu*, de Maurice Maeterlinck, e de *Les Fourberies de Scapin*, de Molière, que é encenada no Teatro Tablado, do Rio de Janeiro.

Recebe novamente o Prêmio Padre Ventura.

Aposenta-se como chefe de seção da DPHAN, após 35 anos de serviço público, recebendo carta de louvor do ministro da Educação, Oliveira Brito.

1963 É lançada sua tradução de *Sult* (*Fome*), de Knut Hamsun.

Recebe os prêmios Fernando Chinaglia, da União Brasileira de Escritores, e Luísa Cláudio de Sousa, do PEN Clube do Brasil, pelo livro *Lição de coisas*.

Colabora no programa *Vozes da cidade*, instituído por Murilo Miranda, na Rádio Roquette-Pinto, e inicia o programa *Cadeira de balanço*, na Rádio Ministério da Educação.

Viaja com D. Dolores a Buenos Aires.

1964 Publica a primeira edição da *Obra completa*, pela Aguilar.

1965 Publicados os livros *Antologia poética*, em Portugal, *In the Middle of the Road*, nos Estados Unidos, e *Poesie*, na Alemanha.

Publica, em colaboração com Manuel Bandeira, *Rio de Janeiro em prosa & verso*.

Colabora em *Pulso*.

1966 Publica *Cadeira de balanço*, e na Suécia é lançado *Naten och rosen*.

1967 Publica *Versiprosa*, *José e outros*, *Mundo, vasto mundo*, *Uma pedra no meio do caminho* e *Minas Gerais (Brasil, terra e alma)*.

Publicações de *Fyzika strachu*, em Praga, e *Mundo, vasto mundo*, com tradução de Manuel Graña Etcheverry, em Buenos Aires.

1968 Publica *Boitempo & A falta que ama*.

Membro correspondente da Hispanic Society of America, Estados Unidos.

1969 Deixa o *Correio da Manhã* e começa a escrever para o *Jornal do Brasil*.

Publica *Reunião* (10 livros de poesia).

1970 Publica *Caminhos de João Brandão*.

1971 Publica *Seleta em prosa e verso*.

Edição de *Poemas*, em Cuba.

1972 Viaja a Buenos Aires com D. Dolores para visitar a filha, Maria Julieta.

Publica *O poder ultrajovem*.

Jornais do Rio de Janeiro, São Paulo, Belo Horizonte e Porto Alegre publicam suplementos comemorativos do 70° aniversário do poeta.

1973 Publica *As impurezas do branco*, *Menino antigo* (*Boitempo II*), *La bolsa y la vida*, em Buenos Aires, e *Réunion*, em Paris.

1974 Recebe o Prêmio de Poesia da Associação Paulista de Críticos Literários.

Membro honorário da American Association of Teachers of Spanish and Portuguese, dos Estados Unidos.

1975 Publica *Amor, amores*.

Recebe o Prêmio Nacional Walmap de Literatura, e recusa, por motivo de consciência, o Prêmio Brasília de Literatura, da Fundação Cultural do Distrito Federal.

1977 Publica *A visita*, *Discurso de primavera e algumas sombras* e *Os dias lindos*.

Grava 42 poemas em dois *long plays*, lançados pela Polygram.

Edição búlgara de *Iybctbo ba Cbeta* (*Sentimento do mundo*).

1978 Publica *70 historinhas* e *O marginal Clorindo Gato*.

Edições argentinas de *Amar-amargo* e *El poder ultrajoven*.

1979 Publica *Poesia e prosa*, 5ª edição, revista e atualizada, pela editora Nova Aguilar.

Viaja a Buenos Aires por motivo de doença de sua filha Maria Julieta.

Publica *Esquecer para lembrar* (*Boitempo III*).

1980 Recebe os prêmios Estácio de Sá, de jornalismo, e Morgado Mateus (Portugal), de poesia.

Edição limitada de *A paixão medida*.

Noite de autógrafos na Livraria José Olympio Editora para o lançamento conjunto da edição comercial de *A paixão medida* e *Um buquê de alcachofras*, de Maria Julieta Drummond de Andrade; o poeta e sua filha autografam juntos na sede da José Olympio.

Edição de *En Rost at Folket*, Suécia. Edição de *The Minus Sign*, Estados Unidos. Edição de *Gedichten* (*Poemas*), Holanda.

1981 Publica *Contos plausíveis* e *O pipoqueiro da esquina*.

Edição inglesa de *The Minus Sign*.

1982 Ano do 80° aniversário do poeta. São realizadas exposições comemorativas na Biblioteca Nacional e na Casa de Rui Barbosa, no Rio de Janeiro. Os principais jornais do Brasil publicam suplementos comemorando a data. Recebe o título de Doutor Honoris Causa pela Universidade Federal do Rio Grande do Norte. A cidade do Rio de Janeiro festeja a data com cartazes de afeto ao poeta.

Publica *A lição do amigo – Cartas de Mário de Andrade a Carlos Drummond de Andrade*, com notas do destinatário.

Publicação de *Carmina drummondiana*, poemas de Drummond traduzidos para o latim por Silva Bélkior.

Edição mexicana de *Poemas*.

1983 Declina o Troféu Juca Pato.

Publica *Nova reunião* (19 livros de poesia) e *O elefante*.

1984 Após 41 anos despede-se da casa do velho amigo José Olympio e assina contrato com a Editora Record, que publica sua obra até hoje.

Também se despede do *Jornal do Brasil*, depois de 64 anos de trabalho jornalístico, com a crônica "*Ciao*".

Publica, pela Editora Record, *Boca de luar* e *Corpo*.

1985 Publica *Amar se aprende amando*, *O observador no escritório* (memórias), *História de dois amores* (livro infantil) e *Amor, sinal estranho*.

Edição de *Frän Oxen Tid*, Suécia.

1986 Publica *Tempo, vida, poesia*.

Edição de *Travelling in the Family*, em Nova York, pela Random House, e *Antología poética*, em Cuba.

Escreve 21 poemas para a edição do centenário de Manuel Bandeira, preparada pela editora Alumbramento, com o título *Bandeira, a vida inteira*.

Sofre um infarto e é internado durante 12 dias.

1987 Em 31 de janeiro escreve seu último poema, "Elegia a um tucano morto", que passa a integrar *Farewell*, último livro organizado pelo poeta.

É homenageado, com o enredo "O reino das palavras", pela Escola de Samba Estação Primeira de Mangueira, que vence o Carnaval do Rio de Janeiro.

No dia 5 de agosto, depois de dois meses de internação, morre sua filha Maria Julieta, vítima de câncer. "Assim terminou a vida da pessoa que mais amei neste mundo", escreve num diário. Doze dias depois morre o poeta, de problemas cardíacos. É enterrado junto com a filha no Cemitério São João Batista, no Rio de Janeiro.

O poeta deixa obras inéditas: *O avesso das coisas* (aforismos), *Moça deitada na grama*, *O amor natural* (poemas eróticos), *Poesia errante*, *Farewell*, atualmente editados pela Record, *Arte em exposição* (versos sobre obras de arte), posteriormente publicado pela editora Salamandra, além de crônicas, dedicatórias em verso coletadas pelo autor, correspondência e um texto para um espetáculo musical, ainda sem título.

Reedição de *De notícias e não-notícias faz-se a crônica* pela Editora Record. Edição de *Crônicas – 1930-1934*.

Edição de *Un chiaro enigma* e *Sentimento del mondo*, Itália, *Mundo grande y otros poemas*, na série Los Grandes Poetas, em Buenos Aires.

1988 Publicação de *Poesia errante*, coletânea de poemas inéditos, Prêmio Padre Ventura.

1989 Publicação de *Auto-retrato e outras crônicas*, edição organizada por Fernando Py. Publicação de *Drummond: frente e verso*, edição iconográfica, pela Alumbramento, e de *Álbum para Maria Julieta*, edição limitada e fac-similar de caderno com originais manuscritos de vários autores e artistas, compilados pelo poeta para sua filha.

A Casa da Moeda homenageia o poeta, emitindo uma nota de 50 cruzados.

1990 O Centro Cultural Banco do Brasil (CCBB) organiza uma exposição comemorativa dos 60 anos da publicação de *Alguma poesia*.

Palestras de Manuel Graña Etcheverry, "El erotismo en la poesía de Drummond", e de Affonso Romano de Sant'Anna, "Drummond, um *gauche* no mundo", no CCBB.

Encenação teatral de *Mundo, vasto mundo*, com Tônia Carrero, o coral Garganta e Paulo Autran, sob a direção deste, no Teatro II do CCBB.

Encenação de *Crônica viva*, com adaptação de João Brandão e Pedro Drummond, no CCBB.

Edição da antologia *Itabira*, em Madri, pela editora Visor.

Edição limitada de *Arte em exposição*, pela Salamandra.

Edição de *Poésie*, pela editora Gallimard, França.

1991 Publicação, em oito volumes, de *Obra poética*, pela editora Europa-América, em Portugal.

1992 Edição de *O amor natural*, poemas eróticos com ilustrações de Milton Dacosta e projeto gráfico de Alexandre Dacosta e Pedro Drummond.

Publicação de *Tankar om Ordet Menneske*, Noruega.

Edição de *De Liefde Natuurlijk* (*O amor natural*), na Holanda.

1993 Publicação de *O amor natural*, em Portugal, pela editora Europa-América.

Prêmio Jabuti pelo melhor livro de poesia do ano, *O amor natural*.

1994 Publicação pela Editora Record de novas edições de *Discurso de primavera* e *Contos plausíveis*.

No dia 2 de julho morre D. Dolores Morais Drummond de Andrade, viúva do poeta, aos 94 anos.

1995 Encenação teatral de *No meio do caminho...*, crônicas e poemas do poeta com roteiro e adaptação de João Brandão e Pedro Drummond.

Lançamento de um selo postal em homenagem ao poeta.

Drummond na era digital: lançamento do primeiro *web site* de autor brasileiro na internet, premiado com o primeiro I-Best 95.

1996 Lançamento do livro *Farewell*, último organizado pelo poeta, no CCBB do Rio de Janeiro, com a apresentação de Joana Fomm e José Mayer.

Prêmio Jabuti pelo melhor livro de poesia do ano, *Farewell*.

1997 Primeira edição interativa do livro *O avesso das coisas* (http://www.carlosdrummond.com.br/avesso).

1998 Inauguração dos "Caminhos drummondianos" em Itabira.

No dia 31 de outubro é inaugurado o Memorial Carlos Drummond de Andrade, projeto do arquiteto Oscar Niemeyer, no Pico do Amor da cidade de Itabira.

Prêmio *in memoriam* Medalha do Sesquicentenário da Cidade de Itabira.

1999 I Fórum Itabira Século XXI – Centenário Drummond, realizado na cidade de Itabira.

Lançamento do CD *Carlos Drummond de Andrade por Paulo Autran*, pelo selo Luz da Cidade.

2000 Inaugurada a Biblioteca Carlos Drummond de Andrade do Colégio Arnaldo, de Belo Horizonte, MG.

Lançamento do CD *Contos de aprendiz por Leonardo Vieira*, pelo selo Luz da Cidade.

Estréia no dia 31 de outubro o espetáculo *Jovem Drummond*, estrelado por Vinícius de Oliveira, no teatro da Fundação Cultural Carlos Drummond de Andrade de Itabira (Secretaria de Cultura do Município).

Lançamento do CD *História de dois amores – contada por Odete Lara*, pelo selo Luz da Cidade, produzido por Paulinho Lima.

Encenação pela Comédie Française da peça de Molière *Les Fourberies de Scapin*, com tradução de CDA, nos teatros Municipal do Rio de Janeiro e Municipal de São Paulo.

Lançamento do projeto *O fazendeiro do ar*, com o "balão Drummond", na Lagoa Rodrigo de Freitas, no Rio de Janeiro.

II Fórum Itabira Século XXI – Centenário Drummond, realizado em outubro na cidade de Itabira.

Homenagem *in memoriam* Medalha Comemorativa dos 70 Anos do MEC. Homenagem aos ex-alunos da Universidade Federal de Minas Gerais.

BIBLIOGRAFIA[1]

OBRAS DO AUTOR

POESIA

Alguma poesia. Belo Horizonte: Pindorama, 1930. 7. ed., Rio de Janeiro: Record, 2005.

Brejo das Almas. Belo Horizonte: Os Amigos do Livro, 1934. 2. ed., Rio de Janeiro: Record, 2002.

Sentimento do mundo. Rio de Janeiro: Pongetti, 1940. 20. ed., Record, 2005.

Poesias (*Alguma poesia, Brejo das Almas, Sentimento do mundo, José*). Rio de Janeiro: J. Olympio, 1942.

A rosa do povo. Capa Santa Rosa. Rio de Janeiro: J. Olympio, 1945. 30. ed., Record, 2005.

Poesia até agora (*Alguma poesia, Brejo das Almas, Sentimento do mundo, José, A rosa do povo, Novos poemas*). Rio de Janeiro: J. Olympio, 1948.

A máquina do mundo (incluído em *Claro enigma*). Rio de Janeiro: Luís Jardim, 1949. Exemplar único com caligrafia de Luís Jardim.

Claro enigma. Rio de Janeiro: J. Olympio, 1951. 15. ed., Record, 2002.

A mesa (incluído em *Claro enigma*). Niterói: Hipocampo, 1951. 70 exemplares.

Viola de bolso. Rio de Janeiro: Serviço de Documentação do MEC, 1952 (Os Cadernos de Cultura). 2. ed. aum., *Viola de bolso novamente encordoada*. Capa Lilyan Schwartzkopf. J. Olympio, 1955.

Fazendeiro do ar & Poesia até agora (*Alguma poesia, Brejo das Almas, Sentimento do mundo, José, A rosa do povo, Novos poemas, Claro enigma, Fazendeiro do ar*). Rio de Janeiro: J. Olympio, 1954. 2. ed., J. Olympio, 1955.

Soneto da buquinagem (incluído em *Viola de bolso novamente encordoada*). Xilogravura Manuel Segalá. Rio de Janeiro: Philobiblion, 1955. 100 exemplares.

Ciclo (incluído em *A vida passada a limpo* e em *Poemas*). Ilustração Reynaldo Fonseca. Recife: O Gráfico Amador, 1957 (Cartas de Indulgência). 96 exemplares.

---

[1] Elaborada a partir da bibliografia publicada no inventário do Arquivo de Carlos Drummond de Andrade.

Poemas (*Alguma poesia, Brejo das Almas, Sentimento do mundo, José, A rosa do povo, Novos poemas, Claro enigma, Fazendeiro do ar, A vida passada a limpo*). Rio de Janeiro: J. Olympio, 1959.

Lição de coisas. Rio de Janeiro: J. Olympio, 1962. 4. ed., J. Olympio, 1978.

Obra completa. Estudo crítico de Emanuel de Moraes, fortuna crítica, cronologia e bibliografia. Rio de Janeiro: Aguilar, 1964. 3. ed., *Poesia completa e prosa*. Aguilar, 1973; 5. ed., *Poesia e prosa*, Aguilar, 1979; 6. ed. rev., Aguilar, 1988; 8. ed., Aguilar, 1992.

Versiprosa. Rio de Janeiro: J. Olympio, 1967 (Sagarana).

José e outros (*José, Novos poemas, Fazendeiro do ar, A vida passada a limpo, 4 poemas, Viola de bolso novamente encordoada*). Rio de Janeiro: J. Olympio, 1967 (Sagarana).

Boitempo & A falta que ama. Rio de Janeiro: Sabiá, 1968. 4. ed., Sabiá, 1979.

Reunião: 10 livros de poesia (*Alguma poesia, Brejo das Almas, Sentimento do mundo, José, A rosa do povo, Novos poemas, Claro enigma, Fazendeiro do ar, A vida passada a limpo, Lição de coisas, 4 poemas*). Rio de Janeiro: J. Olympio, 1969. 10. ed., J. Olympio, 1980.

D. Quixote. Glosas a 21 desenhos de Candido Portinari. Rio de Janeiro: Diagraphis, 1972.

As impurezas do branco. Rio de Janeiro: J. Olympio, 1973. 10. ed., Record, 2006.

Menino antigo (*Boitempo II*). Rio de Janeiro: J. Olympio; Brasília: INL, 1973. 4. ed., Record, 1998.

Minas e Drummond. Ilustrações Yara Tupinambá, Wilde Lacerda, Haroldo Mattos, Júlio Espíndola, Jarbas Juarez, Álvaro Apocalypse e Beatriz Coelho. Belo Horizonte: Universidade Federal de Minas Gerais, 1973. 500 exemplares.

Amor, amores. Ilustrações Carlos Leão. Rio de Janeiro: Alumbramento, 1975. 423 exemplares.

A visita (incluído em *A paixão medida*). Fotos Maureen Bisilliat. São Paulo: Edição Particular, 1977. 125 exemplares.

Discurso de primavera e algumas sombras. Rio de Janeiro: J. Olympio, 1977. 4. ed., Record, 2001.

O marginal Clorindo Gato (incluído em *A paixão medida*). Ilustrações Darel. Rio de Janeiro: Avenir, 1978.

Nudez (incluído em *Poemas*). Recife: Escola de Artes, 1979. 50 exemplares. 2. ed. Ilustrações G. H. e Cecília Jucá. Rio de Janeiro: Linolivro, 1980.

Esquecer para lembrar (*Boitempo III*). Rio de Janeiro: J. Olympio, 1979. 2. ed., J. Olympio, 1980.

A paixão medida. Ilustrações Emeric Marcier. Rio de Janeiro: Alumbramento, 1980 (643 exemplares). 2. ed. Ilustrações Luis Trimano. J. Olympio, 1980. 9. ed., Record, 2002.

Nova reunião: 19 livros de poesias (*Alguma poesia, Brejo das Almas, Sentimento do mundo, José, A rosa do povo, Novos poemas, Claro enigma, Fazendeiro do ar, A vida passada a limpo, Lição de coisas, A falta que ama, As impurezas do branco, Boitempo I, Boitempo II, Boitempo III, A paixão medida* e seleção de *Viola de bolso, Versiprosa, Discursos de primavera e algumas sombras*). Rio de Janeiro: J. Olympio; Brasília: INL, 1983. 3. ed., J. Olympio; INL, 1987. 2 v.

O elefante. Ilustrações Regina Vater. Rio de Janeiro: Record, 1983 (Abre-te Sésamo).

Caso do vestido. Rio de Janeiro: Rioarte, 1983. Adaptado para o teatro por Aderbal Júnior.

Corpo. Ilustrações Carlos Leão. Rio de Janeiro: Record, 1984. 18. ed., Record, 2004.

Mata atlântica. Fotos Luís Cláudio Marigo. Texto Alceo Magnanini. Rio de Janeiro: Chase Banco Lar; AC&M, 1984. 2. ed., AC&M; Sette Letras, 1997.

Amor, sinal estranho. Litografias Enrico Bianco. Rio de Janeiro: Lithos Edições de Arte, 1985 (100 exemplares).

Amar se aprende amando. Rio de Janeiro: Record, 1985. 29. ed., Record, 2005.

Pantanal. Fotos Luís Cláudio Marigo. Textos Alceo Magnanini. Rio de Janeiro: Chase Banco Lar; AC&M, 1985.

O prazer das imagens. Fotos Hugo Rodrigo Octavio. Legendas inéditas de Carlos Drummond de Andrade. São Paulo: Metal Leve; Hamburg, 1987.

Poesia errante: derrames líricos, e outros nem tanto ou nada. Rio de Janeiro: Record, 1988. 7. ed., Record, 1996.

Arte em exposição. Rio de Janeiro: Salamandra; Record, 1990.

O amor natural. Ilustrações Milton Dacosta. Rio de Janeiro: Record, 1992. 14. ed., Record, 2005.[2]

A vida passada a limpo. Rio de Janeiro: Record, 1994. 3. ed., Record, 2002.

Rio de Janeiro. Vaduz, Principado de Liechtenstein: Verlag Kunt und Kultur, 1994.

Farewell. Rio de Janeiro: Record, 1996. 8. ed., Record, 2002.

A senha do mundo. Rio de Janeiro: Record, 1996. 3. ed., Record, 1998 (Verso na Prosa, Prosa no Verso).

A cor de cada um. Rio de Janeiro: Record, 1996. 9. ed., Record, 2003 (Verso na Prosa, Prosa no Verso).

---

[2] Há uma edição particular de 1981 e outra da Europa-América (Portugal) de 1993, com ilustrações de Clementina Cabral.

A falta que ama. Rio de Janeiro: Record, 2002.
Boitempo I. Rio de Janeiro: Record, 1987. 8. ed., Record, 2006.
Boitempo II. Rio de Janeiro: Record, 1987. 7. ed., Record, 2006.

CRÔNICA

Fala, amendoeira. Rio de Janeiro: J. Olympio, 1957. 18. ed., Record, 2004.
A bolsa e a vida. Rio de Janeiro: Editora do Autor, 1962. 15. ed., Record, 2002.
Cadeira de balanço. Rio de Janeiro: J. Olympio, 1966 (Sagarana). 20. ed., Record, 2003.
Caminhos de João Brandão. Rio de Janeiro: J. Olympio, 1970. 5. ed., Record, 2002.
O poder ultrajovem. Rio de Janeiro: J. Olympio, 1972. 18. ed., Record, 2002.
De notícias e não-notícias faz-se a crônica. Rio de Janeiro: J. Olympio, 1974. 9. ed., Record, 2004.
Os dias lindos. Rio de Janeiro: J. Olympio, 1977. 8. ed., Record, 1998.
Crônica das favelas cariocas. Rio de Janeiro: Edição Particular, 1981.
Boca de luar. Rio de Janeiro: Record, 1984. 9. ed., Record, 1999.
Crônicas de 1930-1934 (Pseudônimos: Antônio Crispim e Barba Azul). Ilustrações Ana Raquel. Belo Horizonte: Revista do Arquivo Público Mineiro, 1984. 2. ed., Secretaria da Cultura de Minas Gerais, 1987.
Moça deitada na grama. Rio de Janeiro: Record, 1987.
Auto-retrato e outras crônicas. Seleção Fernando Py. Rio de Janeiro: Record, 1989. 5. ed., Record, 2002.
O sorvete e outras histórias. São Paulo: Ática, 1993.
Vó caiu na piscina. Rio de Janeiro: Record, 1996. 8. ed., Record, 2003 (Verso na Prosa, Prosa no Verso).

CONTO

O gerente (incluído em *Contos de aprendiz*). Capa J. Moraes. Rio de Janeiro: Horizonte, 1945. (Literatura).
Contos de aprendiz. Rio de Janeiro: J. Olympio, 1951. 2. ed. aum., J. Olympio, 1958. 48. ed., Record, 2004.
70 historinhas (*Fala amendoeira, A bolsa e a vida, Cadeira de balanço, Caminhos de João Brandão, O poder ultrajovem, De notícias e não-notícias faz-se a crônica* e *Os dias lindos*). Rio de Janeiro: J. Olympio, 1978. 9. ed., Record, 1998.
Contos plausíveis. Ilustrações Irene Peixoto e Márcia Cabral. Rio de Janeiro: J. Olympio; Jornal do Brasil, 1981. 5. ed., Record, 2006.

O pipoqueiro da esquina. Ilustrações Ziraldo. Rio de Janeiro: Codecri, 1981.

História de dois amores. Ilustrações Ziraldo. Rio de Janeiro: Record, 1985. 13. ed., Record, 2005.

Criança dagora é fogo. Rio de Janeiro: Record, 1996. 9. ed., Record, 2004 (Verso na Prosa, Prosa no Verso).

ENSAIO

Confissões de Minas. Rio de Janeiro: Americ-Edit, 1944 (Joaquim Nabuco).

Passeios na ilha. Rio de Janeiro: Simões, 1952. 2. ed., J. Olympio, 1975.

A lição do amigo. Cartas de Mário de Andrade. Introdução Carlos Drummond de Andrade. Rio de Janeiro: J. Olympio, 1982. 2. ed. rev., Record, 1988.

Em certa casa da rua Barão de Jaguaribe. Rio de Janeiro: Sabadoyle, 1984. Ata comemorativa dos 20 anos do Sabadoyle.

O observador no escritório: páginas de diário. Rio de Janeiro: Record, 1985.

Tempo, vida, poesia: confissões no rádio. Rio de Janeiro: Record, 1986. 2. ed., Record, 1987. Entrevistas à Rádio MEC.

Saudação a Plínio Doyle. Rio de Janeiro: Sabadoyle, 1986. Ata do Sabadoyle de 4 de outubro de 1986.

O avesso das coisas. Aforismos. Ilustrações Jimmy Scott. Rio de Janeiro: Record, 1987. 4. ed., Record, 1997.

De tudo fica um pouco: meus cartões de Drummond. Rio de Janeiro: Litteris, 1991. Correspondência com Fernando Augusto Maia.

Conversas de livraria: 1941 e 1948. Porto Alegre: AGE; São Paulo: Giordano, 2000.

ANTOLOGIA E OBRA EM COLABORAÇÃO

Neste Caderno... In: *10 histórias de bichos.* Em colaboração com Godofredo Rangel, Graciliano Ramos, João Alphonsus, Guimarães Rosa, J. Simões Lopes Neto, Luís Jardim, Maria Julieta, Marques Rebelo, Orígenes Lessa, Tristão da Cunha. Rio de Janeiro: Condé, 1947. 220 exemplares.

50 poemas escolhidos pelo autor. Rio de Janeiro: Serviço de Documentação do MEC, 1956. 2. ed., MEC, 1958. (Os Cadernos de Cultura)

Antologia poética. Rio de Janeiro: Editora do Autor, 1962. 55. ed., Record, 2005.

Quadrante. Em colaboração com Cecília Meireles, Dinah Silveira de Queiroz, Fernando Sabino, Manuel Bandeira, Paulo Mendes Campos e Rubem Braga. Rio de Janeiro: Editora do Autor, 1962. 5. ed., Editora do Autor, 1968.

Quadrante II. Em colaboração com Cecília Meireles, Dinah Silveira de Queiroz, Fernando Sabino, Manuel Bandeira, Paulo Mendes Campos e Rubem Braga. Rio de Janeiro: Editora do Autor, 1963. 4. ed., Editora do Autor, 1968.

Antologia poética. Seleção e prefácio Massaud Moisés. Lisboa: Portugália, 1965 (Poetas de Hoje).

Vozes da cidade. Em colaboração com Cecília Meireles, Genolino Amado, Henrique Pongetti, Maluh de Ouro Preto, Manuel Bandeira e Rachel de Queiroz. Rio de Janeiro: Record, 1965.

Rio de Janeiro em prosa & verso. Em colaboração com Manuel Bandeira. Rio de Janeiro: J. Olympio, 1965 (Rio 4 Séculos).

Minas Gerais. Seleção Carlos Drummond de Andrade. Rio de Janeiro: Editora do Autor, 1967 (Brasil, Terra & Alma).

Seleta em prosa e verso. Estudo e notas de Gilberto Mendonça Teles. Rio de Janeiro: J. Olympio, 1971. 13. ed., Record, 1995.

Elenco de cronistas modernos. Em colaboração com Clarice Lispector, Fernando Sabino, Manuel Bandeira, Paulo Mendes Campos, Rachel de Queiroz e Rubem Braga. Rio de Janeiro: Sabiá, 1971. 14. ed., J. Olympio, 1995.

Atas poemas. Natal na Biblioteca de Plínio Doyle. Em colaboração com Alphonsus de Guimaraens Filho, Enrique de Resende, Gilberto Mendonça Teles, Homero Homem, Mário da Silva Brito, Murilo Araújo, Raul Bopp, Waldemar Lopes. Rio de Janeiro: Sabadoyle, 1974.

Para gostar de ler. Em colaboração com Fernando Sabino, Paulo Mendes Campos e Rubem Braga. São Paulo: Ática, 1977-80. v. 1-5.

Para Ana Cecília. Em colaboração com João Cabral de Melo Neto, Mauro Mota, Odylo Costa, filho, Ledo Ivo, Marcus Accioly e Gilberto Freyre. Recife: Edição Particular, 1978.

O melhor da poesia brasileira. Em colaboração com João Cabral de Melo Neto, Manuel Bandeira e Vinicius de Moraes. Rio de Janeiro: J. Olympio, 1979.

Carlos Drummond de Andrade. Seleção de textos, notas, estudo biográfico, histórico-crítico e exercícios de Rita de Cássia Barbosa. São Paulo: Abril, 1980 (Literatura Comentada). 2. ed., Nova Cultural, 1988.

Antologia poética. São Paulo: Abril Cultural, 1982.

Quatro vozes. Em colaboração com Rachel de Queiroz, Cecília Meireles e Manuel Bandeira. Rio de Janeiro: Record, 1984. 12. ed., Record, 2002.

60 anos de poesia. Organização e apresentação de Arnaldo Saraiva. Lisboa: O Jornal, 1985.

Quarenta historinhas e cinco poemas. Leitura e exercícios para estudantes de Português nos EUA. Flórida: University of Florida, 1985.

Bandeira, a vida inteira. Textos extraídos da obra de Manuel Bandeira e 21 poemas de Carlos Drummond de Andrade. Rio de Janeiro: Alumbramento, 1986.

Álbum para Maria Julieta. Coletânea de dedicatórias reunidas por Carlos Drummond de Andrade para sua filha, acompanhada de texto extraído da obra do autor. Rio de Janeiro: Alumbramento, 1989.

Obra poética. Portugal: Publicações Europa-América, 1989. 8 v.

Rua da Bahia. Em colaboração com Pedro Nava. Belo Horizonte: UFMG, 1990. 2. ed., UFMG, 1996.

Carlos Drummond de Andrade. Organizado por Fernando Py e Pedro Lyra. Rio de Janeiro: Agir, 1994 (Nossos Clássicos).

As palavras que ninguém diz: crônica. Seleção Luzia de Maria. Rio de Janeiro: Record, 1997. 9. ed., Record, 2005 (Mineiramente Drummond).

Histórias para o rei: conto. Seleção Luzia de Maria. Rio de Janeiro: Record, 1997. 8. ed., Record, 2005 (Mineiramente Drummond).

A palavra mágica: poesia. Seleção Luzia de Maria. Rio de Janeiro: Record, 1997. 12. ed., Record, 2005 (Mineiramente Drummond).

Os amáveis assaltantes. Rio de Janeiro: Agora Comunicação Integrada, 1998 (O Dia Livros).

OBRAS TRADUZIDAS

Alemão

Poesie. Tradução Curt Meyer-Clason. Frankfurt: Suhrkamp Verlag, 1965.

Gedichte. Tradução Curt Meyer-Clason. Frankfurt: Suhrkamp Verlag, 1982.

Búlgaro

Iybctbo ba Cbeta. Tradução Alexandre Muratov e Atanas Daltchev. Sófia: Narodna Cultura, 1977.

Chinês

Antologia da poesia brasileira. Seleção Antônio Carlos Secchin. Tradução Zhao Deming. Pequim: Embaixada do Brasil, 1994.

Dinamarquês

Verdensfornemmelse og Andre Digte. Tradução Peter Poulsen. Copenhague: Borgens Forlag, 2000.

Espanhol

Poemas. Seleção, versão e introdução Rafael Santos Torroella. Madri: Rialp, 1951 (Adonais).

Dos poemas. Tradução Manuel Graña Etcheverry. Buenos Aires: Botella al Mar, 1953.

Poetas del siglo veinte. Carlos Drummond de Andrade. Seleção e versão Ramiro de Casasbellas. Buenos Aires: Poesia, 1957.

Poesía de Carlos Drummond de Andrade. Tradução Armando Uribe Arce, Thiago de Mello e Fernando de Alencar. Santiago do Chile: Cadernos Brasileiros, 1963 (Poesia).

Seis poetas contemporáneos del Brasil. Tradução Manuel Graña Etcheverry. La Paz: Embajada del Brasil, 1966 (Cuadernos Brasileños).

Mundo, vasto mundo. Tradução Manuel Graña Etcheverry. Buenos Aires: Losada, 1967 (Poetas de Ayer y de Hoy).

Poemas. Introdução, seleção e notas Muñoz-Unsain. Havana: Casa de las Américas, 1970.

La bolsa y la vida. Tradução Maria Rosa Oliver. Buenos Aires: La Flor, 1973.

Poemas. Tradução Leonidas Cevallos. Lima: Centro de Estudios Brasileños, 1976.

Drummond de Andrade: poemas. Tradução Gabriel Rodriguez. Caracas: Dirección General de Cultura de la Gobernación del Distrito Federal, 1976.

Amar-amargo y otros poemas. Tradução Estela dos Santos. Buenos Aires: Calicanto, 1978.

El poder ultrajoven. Tradução Estela dos Santos. Buenos Aires: Sudamericana, 1978.

Dos cuentos y dos poemas binacionales. Em colaboração com Sergio Faraco e Jorge Medoza Enriguez. Santiago do Chile: Instituto Chileno-Brasileño de Cultura de Concepción, 1981.

Poemas. Tradução, seleção e introdução Francisco Cervantes. Tlahuapan: Premià, 1982 (Libros del Bicho).

Don Quijote. Tradução Edmund Font. Ilustrações Candido Portinari. México: Secretaría de Educación Pública, 1985.

Antología poética. Tradução e introdução Claudio Murilo. Madri: Instituto de Cooperación Iberoamericana; Ediciones Cultura Hispánica, 1986.

Poemas. Tradução Renato Sandoval. Lima: Embajada del Brasil, 1989 (Tierra Brasileña).

Itabira (Antología). Tradução Pablo del Barco. Madri: Visor, 1990.

Historia de dos poemas. Tradução Gloria Elena Bernal. México: SEP, 1992.

Carlos Drummond de Andrade. México: Fondo Nacional para Actividades Sociales, s.d. (Poesía Moderna).

Francês

Réunion. Tradução Jean-Michel Massa. Paris: Aubier-Montaigne, 1973 (Collection Bilingue des Classiques Étrangers).

Fleur, téléphone et jeune fille. Organização Mário Carelli. Paris: L'Alphée, 1980.

Drummond: une esquisse. Rio de Janeiro: Alumbramento, 1981.

Conversation extraordinaire avec une dame de ma connaissance et autres nouvelles. Tradução Mário Carelli e outros. Paris: A. M. Métailié, 1985 (Bibliothèque Brésilienne).

Mon éléphant – O elefante. Tradução Vivette Desbans. Ilustrações Hélène Vincent. Paris: Éditions ILM, 1987. Edição bilíngüe.

Poésie. Tradução Didier Lamaison. Paris: Gallimard, 1990.

Holandês

Gedichten. Tradução August Willemsen. Amsterdam: Uitgeverij de Arbeiderspers, 1980.

20 Gedichten van Carlos Drummond de Andrade. Tradução August Willemsen. Fotos Sérgio Zális. Amsterdam: Rijksakademie van Beeldende Kunsten, 1983.

De Liefde, Natuurlijk: Gedichten. Tradução August Willemsen. Amsterdam: Uitgeverij de Arbeiderspers, 1992.

Farewell. Tradução August Willemsen. Amsterdam: Uitgeverij de Arbeiderspers, 1996.

Inglês

In the Middle of the Road. Tradução John Nist. Tucson: University of Arizona Press, 1965.

Souvenir of the Ancient World. Tradução Mark Strand. Nova York: Antaeus, 1976.

Poems. Tradução Virgínia de Araújo. Palo Alto: WPA, 1977.

The Minus Sign. Tradução Virgínia de Araújo. Redding Ridge: Black Swan Books, 1980.

The Minus Sign. Tradução Virgínia de Araújo. Manchester: Carcanet New Press, 1981.

Travelling in the Family. Selected poems. Tradução Elizabeth Bishop e Gregory Rabassa. Nova York: Random House, 1986.

Italiano

Sentimento del mondo. Tradução Antonio Tabucchi. Torino: Giulio Einaudi, 1987.

Un chiaro enigma. Tradução Fernanda Toriello. Bari: Stampa Puglia, 1990.

La visita. Tradução Luciana Stegagno Picchio. Milão: Libri Scheiwiller, 1996.

Racconti plausibili. Tradução Alessandra Ravatti. Roma: Fahrenheit, 1996.

L'Amore naturale. Tradução Fernanda Toriello. Bari: Adriatica, 1997.

Latim

Carmina drummondiana. Tradução Silva Bélkior. Rio de Janeiro: Salamandra; Brasília: Universidade Federal de Brasília, 1982. Edição comemorativa dos 80 anos do poeta. Edição bilíngüe.

Norueguês

Tankar om Ordet Menneske. Tradução Alf Saltveit. Oslo: Solum, 1992.

Sueco

Natten och Rosen. Tradução Arne Lundgren. Estocolmo: P. A. Norstedt & Söners, 1966.

En Rost at Folket. Tradução Arne Lundgren. Estocolmo: P. A. Norstedt & Söners, 1980.

Frän Oxens Tid. Tradução Arne Lundgren. Estocolmo: Bra Lyrik, 1985.

Tvarsnitt. Tradução Arne Lundgren. Estocolmo: Nordan, 1987.

Ljuset Spranger Natten. Tradução Arne Lundgren. Lysekil: F. Forlag, 1990.

Tcheco

Fyzika Strachu. Tradução Vladimir Mikes. Praga: Odeon, 1967.

ENTREVISTAS PUBLICADAS EM LIVRO

SENNA, Homero. *República das letras*. 20 entrevistas com escritores. 2. ed. rev. e aum. Rio de Janeiro: Olímpica, 1968.

ROZÁRIO, Denira. *Palavra de poeta*. Prefácio Antônio Houaiss. Coletânea de entrevistas e antologia poética. Rio de Janeiro: J. Olympio, 1989.

CAMINHA, Edmilson. *Palavra de escritor*. Entrevista com Carlos Drummond de Andrade e outros. Brasília: Thesaurus, 1995.

SARAIVA, Arnaldo. *Conversas com escritores brasileiros*. Porto: Comissão Nacional para as Comemorações dos Descobrimentos Portugueses, 2000.

TRADUÇÕES DE CARLOS DRUMMOND DE ANDRADE

MAURIAC, François. *Uma gota de veneno* [*Thérèse Desqueyroux*]. Rio de Janeiro: Pongetti, 1943.

LACLOS, Choderlos de. *As relações perigosas* [*Les Liaisons dangereuses*]. Porto Alegre: Globo, 1947.

BALZAC, Honoré de. *Os camponeses* [*Les Paysans*]. In: ——. *A comédia humana*, v. XIII. Porto Alegre: Globo, 1954.

PROUST, Marcel. *A fugitiva* [*Albertine disparue*]. Porto Alegre: Globo, 1956.

GARCÍA LORCA, Federico. *Dona Rosita, a solteira ou a linguagem das flores* [*Doña Rosita la soltera o el lenguaje de las flores*]. Rio de Janeiro: Agir, 1959.

DESCOURTILZ, Th. *Beija-flores do Brasil* [*Oiseaux-mouches ornithorynques du Brésil*]. Rio de Janeiro: Biblioteca Nacional, 1960.

MAETERLINCK, Maurice. *O pássaro azul* [*L'Oiseau bleu*]. Rio de Janeiro: Delta, 1962.

MOLIÈRE. *Artimanhas de Scapino* [*Les Fourberies de Scapin*]. Rio de Janeiro: Serviço de Documentação do MEC, 1962.

HAMSUN, Knut. *Fome* [*Sult*]. Rio de Janeiro: Delta, 1963.

LIVROS EM BRAILE

Boca de luar. São Paulo: Fundação para o Livro do Cego no Brasil, 1985.

Corpo. São Paulo: Fundação para o Livro do Cego no Brasil, 1990.

Sentimento do mundo. São Paulo: Fundação Dorina Nowill para Cegos, 2000.

OBRAS SOBRE O AUTOR

LIVROS

ACHCAR, Francisco. *A rosa do povo & Claro enigma*. Roteiro de leitura. São Paulo: Ática, 1993.

——. *Carlos Drummond de Andrade*. São Paulo: Publifolha, 2000.

ANDRADE, Carlos Drummond de. *Uma pedra no meio do caminho*. Biografia de um poema. Seleção e montagem Carlos Drummond de Andrade. Apresentação Arnaldo Saraiva. Rio de Janeiro: Editora do Autor, 1967.

BARBOSA, Rita de Cássia. *Poemas eróticos de Carlos Drummond de Andrade*. São Paulo: Ática, 1987 (Princípios).

BATISTA, Paulo Nunes. *ABC de Carlos Drummond de Andrade e outros abecês.* Rio de Janeiro: Fundação Casa de Rui Barbosa; Belo Horizonte: Itatiaia, 1986.

BRASIL, Assis. *Carlos Drummond de Andrade.* Rio de Janeiro: Livros do Mundo Inteiro, 1971.

BRAYNER, Sônia. *Carlos Drummond de Andrade.* Seleção Sônia Brayner. Rio de Janeiro: Civilização Brasileira, 1977.

CAMPOS, Maria Consuelo Cunha. *Mineiridade.* Rio de Janeiro: Achiamé, 1980.

CANÇADO, José Maria. *Os sapatos de Orfeu*: biografia de Carlos Drummond de Andrade. São Paulo: Scritta, 1993.

CHAVES, Rita. *Carlos Drummond de Andrade.* São Paulo: Scipione, 1993 (Margens do Texto).

COELHO, Joaquim-Francisco. *Terra e família na poesia de Carlos Drummond de Andrade.* Belém: Universidade Federal do Pará, 1973.

——. *Minerações.* Belém: Universidade Federal do Pará, 1975.

CUNHA, Maria Antonieta Antunes. *O discurso indireto livre em Carlos Drummond de Andrade.* Belo Horizonte: Imprensa Oficial, 1971.

CURY, Maria Zilda. *Horizontes modernistas*: o jovem Drummond e seu grupo em papel-jornal. Belo Horizonte: Autêntica, 1998.

DALL'ALBA, Eduardo. *Drummond, leitor de Dante.* Caxias do Sul, RS: Educs, 1996.

——. *Drummond*: a construção do enigma. Caxias do Sul, RS: Educs, 1998.

GALDINO, Márcio da Rocha. *O cinéfilo anarquista*: Carlos Drummond de Andrade e o cinema. Belo Horizonte: BDMG, 1991.

GARCIA, Nice Seródio. *A criação lexical em Carlos Drummond de Andrade.* Rio de Janeiro: Rio, 1977.

GARCIA, Othon Moacyr. *Esfinge clara*: palavra-puxa-palavra em Carlos Drummond de Andrade. Rio de Janeiro: São José, 1955.

GLABER, Cinthya; FURTADO FILHO, José Carlos (orgs.). *Drummond*: Alguma poesia. Rio de Janeiro: Centro Cultural Banco do Brasil, 1990. Catálogo da exposição comemorativa dos 60 anos de *Alguma poesia.*

GLEDSON, John. *Poesia e poética de Carlos Drummond de Andrade.* São Paulo: Duas Cidades, 1982.

GOMES, Deny (org.). *No meio do caminho tinha uma pedra.* Vitória: Oficina Literária da Universidade Federal do Espírito Santo, 1987.

GONZALEZ CRUZ, Domingo. *A presença de Itabira na obra de Carlos Drummond de Andrade.* Rio de Janeiro: Achiamé, 1981. 2. ed. aum. *No meio do caminho tinha Itabira*: ensaio poético sobre as raízes itabiranas na obra de Drummond. Ilustrações Guidacci. Fotos Francisco Arraes. Rio de Janeiro: BVZ, 2000.

GUIMARÃES, Júlio Castañon. *Sobre um projeto de edição crítico-genética da poesia de Carlos Drummond de Andrade*. Rio de Janeiro: Fundação Casa de Rui Barbosa, 1997 (Papéis Avulsos).

HOMENAGEM A DRUMMOND. Rio de Janeiro: Fundação Casa de Rui Barbosa, 1982. Catálogo da exposição comemorativa dos 80 anos do poeta.

LAUS, Lausimar. *O mistério do homem na obra de Drummond*. Rio de Janeiro: Tempo Brasileiro, 1978.

LESSA, Maria Eduarda Viana (org.). *Carlos Drummond de Andrade*. Rio de Janeiro: Fundação Casa de Rui Barbosa, 1998.

LIMA, Mirella Vieira. *Confidência mineira*: o amor na poesia de Carlos Drummond de Andrade. São Paulo: Edusp; Campinas: Pontes, 1995.

MARIA, Luzia de. *Drummond*: um olhar amoroso. Rio de Janeiro: Léo Christiano, 1998.

MARTINS, Hélcio. *A rima na poesia de Carlos Drummond de Andrade*. Introdução Antônio Houaiss. Rio de Janeiro: J. Olympio, 1968.

MERQUIOR, José Guilherme. *Verso universo em Drummond*. Tradução Marly de Oliveira, do original em francês. Rio de Janeiro: J. Olympio, 1975.

MONTEIRO, Salvador; KAZ, Leonel (orgs.). *Drummond frente e verso*. Rio de Janeiro: Alumbramento, 1989.

MORAES, Emanuel de. *Drummond rima Itabira mundo*. Rio de Janeiro: J. Olympio, 1972 (Documentos Brasileiros).

MORAES, Lygia Marina. *Conheça o escritor brasileiro Carlos Drummond de Andrade*. Seleção de textos com exercícios de compreensão, redação e debate, biografia e avaliação crítica. Rio de Janeiro: Record, 1977.

MORAES NETO, Geneton. *O dossiê Drummond*. São Paulo: Globo, 1994.

MOTTA, Dilman Augusto. *A metalinguagem na poesia de Carlos Drummond de Andrade*. Rio de Janeiro: Presença, 1976.

NAVA, Pedro. *Homenagem ao poeta*. Rio de Janeiro: Sabadoyle, 1982. Ata do Sabadoyle de 30 de outubro de 1982.

NOGUEIRA, Lucila. *Ideologia e forma literária em Carlos Drummond de Andrade*. Recife: Fundarpe, 1990 (Oficina Espaço Pasárgada).

PY, Fernando. *Bibliografia comentada de Carlos Drummond de Andrade (1918-1980)*. Rio de Janeiro: J. Olympio; Fundação Casa de Rui Barbosa; Brasília: INL, 1980.

QUEIROZ, Maria José de. *Carlos Drummond de Andrade*: do moderno ao eterno. Bonn: Verlag, 1987 (Deutsch-Brasilianische).

ROSA, Sérgio Ribeiro. *Pedra engastada no tempo.* Porto Alegre: Cultura Contemporânea, 1978.

SANT'ANNA, Affonso Romano de. *Drummond, o* gauche *no tempo.* Rio de Janeiro: Lia, 1972. 3. ed., *Carlos Drummond de Andrade*: análise da obra, Nova Fronteira, 1980. 4. ed., *Drummond, o* gauche *no tempo,* Record, 1992.

SANTIAGO, Silviano. *Carlos Drummond de Andrade.* Petrópolis: Vozes, 1976 (Poetas Modernos do Brasil).

SCHULLER, Donaldo. *A dramaticidade na poesia de Drummond.* Porto Alegre: Universidade Federal do Rio Grande do Sul, 1979.

SEMINÁRIO Carlos Drummond de Andrade: 50 anos de *Alguma poesia.* Estudos de Guilhermino César, Antônio Houaiss, Silviano Santiago, Luiz Costa Lima e Affonso Romano de Sant'Anna. Belo Horizonte: Imprensa Oficial de Minas Gerais, 1981.

SEMINÁRIO Carlos Drummond de Andrade and His Generation. Santa Barbara: University of California; Bandana Books, 1986.

SIMON, Iumna Maria. *Drummond*: uma poética do risco. São Paulo: Ática, 1978.

STERNBERG, Ricardo da Silveira Lobo. *The Unquiet Self*: Self and society in the poetry of Carlos Drummond de Andrade. Valencia: Albatros Hispanofila, 1986.

TELES, Gilberto Mendonça. *Drummond*: a estilística da repetição. Prefácio Othon Moacyr Garcia. Rio de Janeiro: J. Olympio, 1970 (Documentos Brasileiros). 4. ed., São Paulo: Experimento, 1997.

VIEIRA, Regina Souza. *Boitempo*: autobiografia e memória em Carlos Drummond de Andrade. Rio de Janeiro: Presença, 1992.

CAPÍTULO DE LIVRO

ANDRADE, Mário de. A poesia em 1930. In: ——. *Aspectos da literatura brasileira.* São Paulo: Martins, *c.* 1960.

ANSELMO, Manuel. *Família literária luso-brasileira.* Rio de Janeiro: J. Olympio, 1943.

BANDEIRA, Manuel. *Crônicas da província do Brasil.* Rio de Janeiro: Civilização Brasileira, 1937.

——. *Apresentação da poesia brasileira.* 3. ed. Rio de Janeiro: Casa do Estudante do Brasil, 1957.

——. *Poesia completa e prosa.* Rio de Janeiro: Aguilar, 1958; 2. ed., Nova Aguilar, 1996.

BARROS, Jayme de. *Espelho dos livros.* Rio de Janeiro: J. Olympio, 1936.

——. *Poetas do Brasil.* Rio de Janeiro: J. Olympio, 1944.

BASTIDE, Roger. Carlos Drummond de Andrade. In: ——. *Poetas do Brasil.* Curitiba: Guaíra, 1946.

BASTOS, C. Tavares. A obra completa de Carlos Drummond de Andrade. In: ——. *O simbolismo no Brasil e outros escritos.* Rio de Janeiro: São José, 1969.

CAMPOS, Haroldo de. Drummond, mestre de coisas. In: ——. *Metalinguagem.* Petrópolis: Vozes, 1967.

CAMPOS, Milton. Texto antropofágico. In: ——. *Testemunhos e ensinamentos.* Rio de Janeiro: J. Olympio, 1972.

CANDIDO, Antonio. Literatura e cultura de 1900 a 1945. In: ——. *Literatura e sociedade.* São Paulo: Nacional, 1967.

——. Inquietudes na poesia de Drummond. In: ——. *Vários escritos.* São Paulo: Duas Cidades, 1970.

——. A autobiografia poética e ficcional na literatura de Minas. *Anais do IV Seminário de Estudos Mineiros.* Belo Horizonte, 1977.

CARPEAUX, Otto Maria. Fragmento sobre Carlos Drummond de Andrade. In: ——. *Origens e fins.* Rio de Janeiro: Casa do Estudante do Brasil, 1943.

——. *Livros na mesa.* Rio de Janeiro: São José, 1960.

——. *História da literatura ocidental.* Rio de Janeiro: O Cruzeiro, 1966. 7 v.

CASTELO, José Aderaldo. Impressões de Carlos Drummond de Andrade. In: ——. *Homens e intenções.* São Paulo: Comissão de Literatura do Departamento Estadual de Cultura, 1959.

CORRÊA, Roberto Alvim. Carlos Drummond de Andrade. In: ——. *O mito de Prometeu.* Rio de Janeiro: Agir, 1951.

CORREIA, Marlene de Castro. Apresentação de Drummond. In: ——. *Literatura para o vestibular unificado.* Rio de Janeiro: Record, 1973.

CUNHA, Fausto. *A leitura aberta.* Rio de Janeiro: Cátedra, 1978.

DUTRA, Waltensir; CUNHA, Fausto. *Biografia crítica das letras mineiras.* Rio de Janeiro: Instituto Nacional do Livro, 1956.

FRANCO, Afonso Arinos de Melo. Notícia sobre Carlos Drummond. In: ——. *Espelho de três faces.* São Paulo: Brasil, 1937.

——. A poesia e um poeta. In: ——. *Mar de sargaços.* São Paulo: Martins, 1944.

FREITAS JÚNIOR, Otávio de. Um poeta com sentimento do mundo. In: ——. *Ensaios de crítica de poesia.* Recife: Norte, 1941.

FRIEIRO, Eduardo. *Letras mineiras.* Belo Horizonte: Os Amigos do Livro, 1937.

GRIECO, Agripino. Dois poetas. In: ——. *Evolução da poesia brasileira.* Rio de Janeiro: Ariel, 1932.

HAMBURGUER, Michael. *The Truth of Poetry*: Tensions in modern poetry from Baudelaire to the 1969. Londres: Weidenfeld and Nicolson, 1969.

HAMPL, Zdenek. Pznámbka Autorovi. In: ANDRADE, Carlos Drummond de. *Fyzika Strachu.* Praga: Odeon, 1967.

HOLANDA, Aurélio Buarque de. Drummond e a melodia. In: ——. *Território lírico.* Rio de Janeiro: O Cruzeiro, 1958.

HOUAISS, Antônio. Sobre uma fase de Carlos Drummond de Andrade. In: ——. *Seis poetas e um problema.* Rio de Janeiro: Ediouro, 1967.

——. Introdução. In: ANDRADE, Carlos Drummond de. *Reunião*: 10 livros de poesia. Rio de Janeiro: J. Olympio, 1969.

JANNINI, Pasquale Aniel. *Storia della letteratura brasiliana.* Milão: Nuova Accademia Editrice, 1959.

KONDER, Leandro. A vitória do Realismo num poema de Drummond: "A mesa". In: ——. *Realismo e anti-realismo na literatura brasileira.* Rio de Janeiro: Paz e Terra, 1974.

LEITE, Sebastião Uchoa. *Participação da palavra poética.* Petrópolis: Vozes, 1966.

LIMA, Alceu Amoroso (Tristão de Athayde). *Meio século de presença literária.* Rio de Janeiro: J. Olympio, 1969.

LIMA, Luiz Costa. *Lira e antilira*: Mário, Drummond, Cabral. Rio de Janeiro: Civilização Brasileira, 1968.

LINHARES, Temístocles. *Diálogos sobre a poesia brasileira.* São Paulo: Melhoramentos, 1976.

LINS, Álvaro. *Os mortos de sobrecasaca.* Rio de Janeiro: Civilização Brasileira, 1963.

LISBOA, Henriqueta. *Convívio poético.* Belo Horizonte: Secretaria da Educação, 1955.

LITRENTO, Oliveiros. *O crítico e o mandarim.* Rio de Janeiro: São José, 1962.

LUCAS, Fábio. *Temas literários e juízos críticos.* Belo Horizonte: Tendência, 1963.

——. *Horizontes da crítica.* Belo Horizonte: Movimento Perspectiva, 1965.

LUNDGREN, Arne. Prefácio. In: ANDRADE, Carlos Drummond de. *Natten och Rosen.* Estocolmo: P. A. Norstedt & Soners, 1966.

MARTINS, Wilson. 50 anos de literatura brasileira. In: ——. *Panorama das literaturas das Américas,* I. Angola: Município de Nova Lisboa, 1958.

MASSA, Jean-Michel. Introduction. In: ANDRADE, Carlos Drummond de. *Réunion.* Paris: Aubier-Montaigne, 1973.

MENDES, Oscar. *Alguma poesia*. In: ——. *A alma dos livros*. Belo Horizonte: Os Amigos do Livro, 1932.

MENDONÇA, Antônio Sérgio L. *Por uma teoria do simbólico*. Petrópolis: Vozes, 1974.

MENEGALE, Heli. Um soneto de Carlos Drummond de Andrade. In: ——. *Roteiros de poesia*. Belo Horizonte: Itatiaia, 1960.

MERQUIOR, José Guilherme. A máquina do mundo de Drummond. In: ——. *Razão do poema*. Rio de Janeiro: Civilização Brasileira, 1965.

——. Notas em função de *Boitempo (I)*. In: ——. *A astúcia da mimese*. Rio de Janeiro: J. Olympio, 1972.

——. *As idéias e as formas*. Rio de Janeiro: Nova Fronteira, 1981.

MEYER-CLASON, Curt. Nachwort. In: ANDRADE, Carlos Drummond de. *Poesie*. Frankfurt: Suhrkamp Verlag, 1965.

MILLIET, Sérgio. O poema-piada. In: ——. *Terminus seco e outros cocktails*. São Paulo: Irmãos Ferraz, 1932.

——. *Panorama da moderna poesia brasileira*. Rio de Janeiro: Serviço de Documentação do MEC, 1952.

MOISÉS, Massaud. Carlos Drummond de Andrade poeta. In: ANDRADE, Carlos Drummond de. *Antologia poética*. Lisboa: Portugália, 1965.

MONTEIRO, Adolfo Casais. *A palavra essencial*. São Paulo: Nacional, 1965.

MONTENEGRO, Olívio. Poesias de Carlos Drummond. In: ——. *Retratos e outros ensaios*. Rio de Janeiro: J. Olympio, 1959.

MORAES, Carlos Dante de. *Alguns estudos*. Porto Alegre: Metrópole, 1975.

MOUTINHO, José Geraldo Nogueira. *A fonte e a forma*. Rio de Janeiro: Imago, 1977.

MURICY, Andrade. *A nova literatura brasileira*. Porto Alegre: Globo, 1936.

NIST, John. Introduction. In: ANDRADE, Carlos Drummond. *In the Middle of the Road*. Tucson: University of Arizona Press, 1965.

——. *The Modernist Movement in Brazil*. Austin: University of Texas Press, 1967.

OLIVEIRA, José Osório de. Um poeta brasileiro. In: ——. *Enquanto é possível*. Lisboa: Universo, 1942.

OLIVEIRA, Teresa Cristina Meireles. *Carlos Drummond de Andrade*: no décimo aniversário de sua morte. São Paulo: Massao Hono, 1977. Ata do Sabadoyle.

PEREIRA, Maria Idorlina Cobra. Verbete. In: *Dicionário biográfico universal de autores*. Lisboa: Atis-Bompiani.

PEREZ, Renard. *Escritores brasileiros contemporâneos*. Rio de Janeiro: Civilização Brasileira, 1960.

PERISSE, Gabriel. *Dois ensaios*: O polígrafo Carlos Drummond de Andrade & Nossos clássicos pessoais. São Paulo: Edix, 1994.

PICCHIO, Luciana Stegagno. *La letteratura brasiliana*. Milão: Sansoni-Accademia, 1972.

PIGNATARI, Décio. Áporo: um inseto semiótico. In: ——. *Contracomunicação*. São Paulo: Perspectiva, 1971.

PÓLVORA, Hélio. *Graciliano, Machado, Drummond e outros*. Rio de Janeiro: Francisco Alves, 1975.

PROENÇA, Ivan Cavalcanti. *Vestibular de Português*: literatura. Rio de Janeiro: J. Olympio, 1973.

RAMOS, Maria Luiza. Variações em torno de uma antítese. In: ——. *Fenomenologia da obra literária*. Rio de Janeiro: Forense, 1969.

RAMOS, Péricles Eugênio da Silva. Carlos Drummond de Andrade. In: ——. *A literatura no Brasil*. Direção Afrânio Coutinho. 3. ed. Rio de Janeiro: J. Olympio, 1986. 5 v.

RIBEIRO, João. *Crítica*. Os modernos. Rio de Janeiro: Academia Brasileira de Letras, 1952.

RIBEIRO, Joaquim. *Estética da língua portuguesa*. 2. ed. Rio de Janeiro: J. Ozon, 1964.

RIO-BRANCO, Miguel do. *Etapas da poesia brasileira*. Lisboa: Livros do Brasil, 1955.

ROCHA, Hildon. *Entre lógicos e místicos*. Rio de Janeiro: São José, 1968.

RÓNAI, Paulo. A poesia de Carlos Drummond de Andrade. In: ——. *Encontros com o Brasil*. Rio de Janeiro: Instituto Nacional do Livro, 1958.

——. Tentativa de comentário para alguns temas de Carlos Drummond de Andrade. In: ANDRADE, Carlos Drummond de. *José & outros*. Rio de Janeiro: J. Olympio, 1967.

SALES, Fritz Teixeira de. *Das razões do Modernismo*. Brasília: Brasília, 1974.

SANT'ANNA, Affonso Romano de. Características gerais da poesia de Carlos Drummond de Andrade. In: ——. *Autores para vestibular*. Petrópolis: Vozes, 1973.

SANTOS, Vitto. *Poesia & humanismo*. Rio de Janeiro: Artenova, 1971.

SENNA, Homero. *O Sabadoyle*: história de uma confraria literária. Rio de Janeiro: Casa da Palavra, 2000. Contém vários textos de Drummond.

SILVA, Belchior Cornélio da. *O pio da coruja*. Belo Horizonte: João Vicente, 1967.

SILVEIRA, Alcântara. Povo e poesia. In: ——. *Telefone para surdos*. São Paulo: Comissão de Literatura do Conselho Estadual de Cultura, 1962.

SIMÕES, João Gaspar. *Literatura, literatura, literatura...* Lisboa: Portugália, 1964.

SIMON, Iumna Maria. Na praça de convites. In: SCHWARZ, Roberto (org.). *Os pobres na literatura brasileira*. São Paulo: Brasiliense, 1983.

SÜSSEKIND, Flora. *Cabral, Bandeira, Drummond*: alguma correspondência. Rio de Janeiro: Fundação Casa de Rui Barbosa, 1996 (Papéis Avulsos).

SZKLO, Gilda Salem. *As flores do mal nos jardins de Itabira*. Rio de Janeiro: Agir, 1995.

TELES, Gilberto Mendonça. *La poesía brasileña en la actualidad*. Tradução Cipriano S. Vitureira. Montevidéu: Editorial Letras, 1969.

——. Drummond: retrato. In: ANDRADE, Carlos Drummond de. *Seleta em prosa e verso*. Rio de Janeiro: J. Olympio, 1971. 13. ed., Record, 1994.

——. A linguagem criadora de Drummond. In: ANDRADE, Carlos Drummond de. *Seleta em prosa e verso*. Rio de Janeiro: J. Olympio, 1971. 13. ed., Record, 1994.

——. Carlos Drummond de Andrade. In: ——. *Estudos da poesia brasileira*. Coimbra: Almedina, 1985.

——. O discurso poético de Drummond. In: ——. *A escrituração da escrita*. Rio de Janeiro: Vozes, 1995.

——. Cammond & Drummões. In: ——. *Camões e a poesia brasileira*. 4. ed. Lisboa: Imprensa Nacional; Casa da Moeda, 2001.

TORROELLA, Rafael Santos. Prólogo. In: ANDRADE, Carlos Drummond de. *Poemas*. Madri: Rialp, 1951.

VASCONCELLOS, Eliane. *Um sonho drummondiano*: o Arquivo-Museu de Literatura Brasileira. Rio de Janeiro: Fundação Casa de Rui Barbosa, 1996.

——. O Arquivo Carlos Drummond de Andrade. In: LESSA, Maria Eduarda Viana (org.). *Carlos Drummond de Andrade*. Rio de Janeiro: Casa de Rui Barbosa, 1998.

VILLAÇA, Antonio Carlos. Drummond e a condição humana. In: ——. *Literatura e vida*. Rio de Janeiro: Nova Fronteira, 1976.

VITUREIRA, Cipriano S. *Manuel Bandeira, Cecília Meireles, Carlos Drummond de Andrade*: tres edades en la poesía brasileña actual. Montevidéu: Asociación Cultural Estudiantil Brasil-Uruguay, 1952.

WERNECK, Humberto. *O desatino da rapaziada*: jornalistas e escritores em Minas Gerais. São Paulo: Instituto Moreira Sales, 1992.

DISSERTAÇÕES E TESES

AGRA, Marcos Wagner da Costa. *As faces secretas do hiperônimo Flor!* João Pessoa: Universidade Federal da Paraíba, 1981. Dissertação de mestrado.

AGUILERA, Maria Veronica Silva Vilariño. *Carlos Drummond de Andrade*: a poética cotidiana. Rio de Janeiro: Universidade do Estado do Rio de Janeiro, 2000. Dissertação de mestrado.

BARBOSA, Rita de Cássia. *O cotidiano e as máscaras*: a crônica de Carlos Drummond de Andrade (1930-1934). São Paulo: Universidade Federal de São Paulo, 1984. Tese de doutorado.

CAMPOS, Fernando Ferreira. *Carlos Drummond de Andrade, Manuel Bandeira*: matéria poética e escrita. Rio de Janeiro: Universidade Federal do Rio de Janeiro, 1978. Dissertação de mestrado.

CAMPOS, Maria do Carmo Alves de. *Cidade e o paradoxo lírico na poesia de Drummond*. São Paulo: Universidade de São Paulo, 1989. Tese de doutorado.

CAMPOS, Maria José Rego. *A memória do mundo em Carlos Drummond de Andrade*. Belo Horizonte: Universidade Federal de Minas Gerais, 1982. Dissertação de mestrado.

CHAGAS, Wilson. *Mundo e contramundo*. Porto Alegre: Universidade Federal do Rio Grande do Sul, 1972.

CORREIA, Marlene de Castro. *Drummond*: a magia lúcida. Rio de Janeiro: Universidade Federal do Rio de Janeiro, 1975. Tese de livre docência.

COSTA, Luis Carlos. *A crônica e a linguagem em Carlos Drummond de Andrade*. São Paulo: Universidade de São Paulo, 1988. Tese de doutorado.

FERRAZ, Eucanaã. *Drummond*: um poeta na cidade. Rio de Janeiro: Universidade Federal do Rio de Janeiro, 1994. Dissertação de mestrado.

FERREIRA, Maria Lúcia do Pazo. *O erotismo nos poemas inéditos de Carlos Drummond de Andrade*. Rio de Janeiro: Universidade Federal do Rio de Janeiro, 1992. Tese de doutorado.

FONSECA, José Eduardo da. *O telurismo na literatura brasileira e na obra de Carlos Drummond de Andrade*. Belo Horizonte: Universidade Federal de Minas Gerais, 1970.

GARCIA, Nice Seródio. *A criação lexical em Carlos Drummond de Andrade*. Rio de Janeiro: Pontifícia Universidade Católica do Rio de Janeiro, 1976. Dissertação de mestrado.

GARDINO, Íris. *Adjetivo nas crônicas de Drummond*: um exercício de estilo. São Paulo: Universidade Federal de São Paulo, 1986. Dissertação de mestrado.

LACERDA, Nilma Gonçalves. *Crônica*: nos não-limites, o livre percurso. Rio de Janeiro: Universidade Federal do Rio de Janeiro, 1979. Dissertação de mestrado.

LIMA, Mirella Márcia Longo Vieira. *Confidência mineira*: o amor na poesia de Carlos Drummond de Andrade. São Paulo: Universidade de São Paulo, 1993. Tese de doutorado.

MARTINS, Sylvia de Almeida. *A linguagem de Drummond na crônica*: um estudo lingüístico-estilístico. São Paulo: Universidade Estadual Paulista Júlio de Mesquita Filho, 1984. Tese de doutorado.

MASSAD, Besma. *Processos de lexicalização na prosa de Carlos Drummond de Andrade*. São Paulo: Universidade de São Paulo, 1985. Tese de doutorado.

OLIVEIRA, Silvana Maria Pessoa de. *Réquiem para um sujeito*: a escrita da memória em *Boitempo*, de Carlos Drummond de Andrade. Minas Gerais: Universidade Federal de Minas Gerais, 1991. Dissertação de mestrado.

OLIVEIRA, Teresa Cristina Meireles de. *Foto vivida/Eterna grafia*: espaço e memória poética em Carlos Drummond de Andrade. Rio de Janeiro: Universidade Federal do Rio de Janeiro, 1979. Dissertação de mestrado.

ORTIZ, José Cláudio. *Três poemas em busca da poesia*: leitura das tensões entre a poesia e a cultura de massas a partir de *A rosa do povo*, de Carlos Drummond de Andrade. São Paulo: Universidade Estadual Paulista Júlio de Mesquita Filho, 1994. Dissertação de mestrado.

PEREIRA, Ana Santana Souza de Fontes. *De anjo* gauche *a anjo na contramão*. Belo Horizonte: Universidade Federal de Minas Gerais, 1998.

PEREIRA, Wellington José de Oliveira. *Crônica*: arte do útil ou do fútil? João Pessoa: Universidade Federal da Paraíba, 1990. Dissertação de mestrado.

PUSCHEL, Raul de Souza. *Intransitividade e transitividade*: Mallarmé, Drummond, Cabral. São Paulo: Pontifícia Universidade Católica de São Paulo, 1994. Dissertação de mestrado.

SANTOS, Rita de Cássia Pereira. *Drummond*: diálogo entre texto e contexto. Santa Catarina: Universidade Federal de Santa Catarina, 1983. Dissertação de mestrado.

SARAIVA, Arnaldo. *Carlos Drummond de Andrade*: do berço ao livro. Lisboa: Universidade de Lisboa, 1968. 2 v.

SZKLO, Gilda Salem. *A ironia na poesia de Carlos Drummond de Andrade*. Rio de Janeiro: Pontifícia Universidade Católica do Rio de Janeiro, 1977. Dissertação de mestrado.

VIEIRA, Regina Souza. *Os limites da prosa e da poesia*: Carlos Drummond de Andrade. Rio de Janeiro: Pontifícia Universidade Católica do Rio de Janeiro, 1996. Tese de doutorado.

VILAÇA, Alcides Celso de Oliveira. *Consciência lírica em Drummond*. São Paulo: Universidade Federal de São Paulo, 1976. Dissertação de mestrado.

SITE SOBRE O AUTOR

http://www.carlosdrummond.com.br

ÍNDICE DE TÍTULOS E PRIMEIROS VERSOS

Este livro foi composto na tipologia Bembo, no corpo 12/15,
e impresso em papel off-white 80g/m²
no Sistema Cameron da Divisão Gráfica da Distribuidora Record